살인에
서툰 사람들을 위한
안내서

살인에
서툰 사람들을 위한
안내서

『살인자의 쇼핑몰』 외전

강지영 지음

그리마

내 별명은 그리마다. 유난히 긴 속눈썹이 돈벌레의 다리를 닮아서다. 길고 가느다란 눈매를 에워싼 더 길고 가느다란 수백 가닥의 속눈썹이, 유난히 작고 불그스름한 눈동자를 가린다. 그런데 내가 그리마인 건 꼭 속눈썹 때문만은 아니다.

나는 아빠가 결혼 전에 만난 애인이 낳은 아들이다. 듣자 하니, 아직 탯줄도 떨어지지 않은 채 부모의 신혼집 현관문 앞에 버려져 있었다고 한다. 무슨 생각이었는지 부모는 나를 거두었다. 이제 와 굳이 이유를 찾자면, 당시 두 사람에겐 작고 부드러운 생명체가 필요했던 것 같다.

그날은 엄마가 오랫동안 반려한 몰티즈를 노환으로 잃은

다음 날이었다. 마침 엄마 화장대 위엔 아직 미지근한 유골함이 놓여 있었다. 곧이어 나를 발견한 아빠가 이실직고하자, 엄마는 바리캉으로 아빠의 머리카락과 눈썹을 깨끗이 밀어버렸다. 그러고도 분이 풀리지 않아 슬리퍼를 집어 들어 어깨가 탈구되도록 따귀를 때렸다. 엄마는 무슨 일이 있어도 저 애새끼를 호적엔 올리지 말라며 악증을 부린 다음, 젖내 나는 나를 품에 안았다. 나는 엄마의 죽은 개 이름을 물려받아 '호두'로 불렸다. 호적에 오르질 않았으니 당연히 성씨도 없었다. 그래서 나는 부모에게 영원히 인간 모양의 몰티즈였다. 그나마도 반려견 대접을 받던 좋은 시절은 길지 않았지만.

내 기억은 어둡고 습한 화장실에서 시작한다. 기저귀를 떼고도 똥오줌을 못 가린다며 누군가 날 가둬놓은 터였다. 울거나 떼쓰지는 않았다. 몇 번인가 애달프게 굴어봤지만 돌아오는 건 차가운 물세례와 손찌검이었다. 우리 호두는 패드 바깥에 똥오줌 싸는 짓은 안 했잖아. 근데 저 호두는 지능이 낮은가 봐. 야단치면 보란 듯이 선 채로 줄줄 싼다니까? 나 복장 터져 죽으라고 저러는 거지, 뭐. 네가 좀 어떻게 해봐. 걔 엄마랑 연락 안 돼? 사람이라도 사서 알아봐, 좀!

욕조가 침대였고 놀이터였으며 식탁이었다. 배관을 타고 오르락내리락하는 이웃들 대화로 말을 배웠다. 2층 누나는 샤워할 때마다 노래를 불렀다. 영주라는 남자와 사귀다 헤어지고 다시 사귀기를 반복했다. 하루도 거르지 않고 욕실에서 수음을 하던 4층 형은 고작 스무 살에 탈모가 시작되었다. 1층 할머니는 새벽에 욕실에서 낙상한 뒤 영영 돌아오지 않았고, 그 집 할아버지는 매일 애처럼 울었다.

이웃들이 상심할 때마다 나는 세면대 배관을 계속 두드려 주었다. 내 딴엔 위로였지만, 내 부모에겐 위기였다. 욕실에서 '사람 살려!' 하고 내가 비명이라도 지르는 날엔 정체가 발각될 수도 있으니까. 부모는 내 입을 다물릴 요량으로 중고 태블릿피시 하나를 쥐여주었다. 그리마의 욕실에 작은 창문이 하나 생긴 날이었다. 나는 유튜브로 한글을 배우고, 음악을 듣고, 호들갑 떠는 수많은 사람을 구경했다. 그러는 사이 2층 누나와 4층 형은 이사를 떠났고, 1층 할아버지의 울음도 그쳤다.

내가 그 집을 떠난 건 부모가 교통사고로 일주일째 입원한 어느 늦겨울이었다. 음식을 가져다줄 사람이 없으니 물만 마시며 버티다 용기를 내 욕실을 나섰다. 그러자 원색의 세상이 나를 덮쳤다. 보라색 벨벳 소파, 두툼한 선홍색 러그, 한쪽 벽에 줄지어 선 초록색 몬스테라와 벵골고무나무, 재스민에 눈이 시렸다. 소파와 맞닿은 벽면에 결혼사진과 죽은 호두의 사진이 걸려 있었다. 욕실 커튼에 가려 제대로 본 적 없는 부모는 공익광고 모델처럼 선량한 얼굴이었다.

나는 허기도 잊은 채 집 안을 탐색했다. 가까이 다가가면 저절로 켜지는 무드 등과 개 호두의 성장 앨범, 고작 내 손바닥만 한 엄마의 실내화와 아빠가 욕실에서 줄곧 피워대던 전자 담배를 훑었다. 이윽고 무심히 바닥으로 눈을 돌렸을 때 길고 구불거리는 엄마 머리카락이 보였다. 늘 한 움큼씩이나 욕실 수챗구멍을 막고 있던 그것이 새로울 리는 없었다. 내 시선을 붙든 건 머리카락 주변에 얇게 깔린 회색 먼지와 희끗한 각질이었다. 나는 쪼그려 앉아 낯선 가루를 손바닥으로 문질렀다. 양손을 맞대 비비자 유분遺粉처럼 뿌연 가루가 사박사박 떨어졌다. 얼룩이나 물때, 곰팡이가 아닌 가루 형태의 오염물은 작은 입바람에도 훌훌 날렸다. 고개를 들어 햇빛 쏟아지는 거실을 찬찬히 바라보았다. 유령처럼 허공을 부유하는 먼지가 내 숨결을 따라 느리게 움직였다.

욕실 바깥의 세상은 더없이 건조하고 화려해서 그리마의 눅눅한 마음에 불을 지폈다. 고작 욕실에서 서너 걸음 떨어진 곳도 이렇게 신기하고 낯선데, 빌라 바깥은 어떨지 궁금해졌다. 현관문은 밖에서 잠겨 있었지만, 베란다 창문은 열 수 있었다. 사철 팬티와 러닝셔츠 차림이던 나는 엄마의 옷장에서 빨간색 노스페이스 패딩을 꺼내 입었다. 키가 작고 통통한 엄마에겐 빡빡했을 옷이 내겐 헐렁하게 맞았다.

옷방에 세워진 전신 거울을 물끄러미 바라보았다. 서툰 가위질로 마구 잘라놓은 머리카락, 창백한 뺨과 깡마른 몸의 소년이 서 있었다. 다듬은 지 오래돼 나선형으로 뻗은 손톱이 누르스름했다. 모공에 낀 거뭇한 때와 굵은소금처럼 머리카락에 달라붙은 각질, 똥 자국이 얼룩진 회색 팬티. 열여섯 살, 어쩌면 열여덟 살. 나이조차 가늠할 수 없는 나는 그리마보다 흉물스러웠다. 이런 몰골로는 누구에게도 사랑받을 수 없었다. 쓸모 있는 인간이 되려면 습기를 털어내고 건조한 세계로 뛰어들어야 했다. 서둘러 패딩을 걸치고 바닥에 널브러진 엄마 잠옷 바지를 끼워 입었다. 그런 다음, 베란다 창문을 열고 몸을 날렸다. 죽는 것도 그리 나쁜 선택은 아니란 생각뿐이었다.

때마침 눈이 이불처럼 두툼하게 깔린 날이었다. 바닥에 누워 버르적거리다 몸을 일으켰다. 숨을 쉴 때마다 날카로운 통증이 가슴에 밀려들었다. 켁켁, 기침을 하자 침에 선홍색 피가 섞여 나왔다. 그때 사설 구급차 한 대가 내 앞에 멈췄다. 배운 적이 없으니 구급차가 뭔지도 몰랐지만 차 문을 열고 나온 뚱뚱한 대머리 남자를 보자 어쩐지 안심이 되었다.

"학생, 미쳤어?"

남자의 이름은 정진만이었다.

"아마 그런 거 같아요."

지금 생각해도 훌륭한 대답이다.

정진만은 나를 구급차에 싣고 아주 먼 길을 운전했다. 왜 3층 베란다에서 뛰어내렸는지, 어쩌다 관절 모양이 한눈에 보일 만큼 마른 건지, 몸에서 나는 악취는 뭐며 손톱은 또 왜 그리 길게 자랐는지에 대해 그는 차근차근 물었다. 이유는 알 수 없지만 나는 정진만을 만난 순간, 그가 해롭지 않은 사람이라는 확신이 들었다. 공익광고 모델 같은 부모가 아동학대자였으니 오타쿠처럼 생긴 이 사내에게도 뜻밖의 반전이 있을 거라 믿었던 것 같다.

"너 말이야, 혹시 낳아준 사람을 찾고 싶어?"

정진만은 바다가 보이는 2층짜리 폐廢병원 앞에 구급차를 세웠다. 난 친엄마의 전화번호나 주소는 물론, 이름조차 몰랐다.

"그분 이름도 몰라요."

"그런 건 상관없어. 네가 원하는지가 중요해."

갓난아기를 지린내 나는 현관문 앞에 놓고 사라진 사람이 과연 나를 받아줄지 의문이었다. 나는 고개를 가로저었다.

"좋아, 차라리 잘됐어. 좋은 엄마만큼이나 나쁜 엄마도 많으니까 너만 예외적으로 불행한 게 아냐. 그보다…… 넌 몇 살이 되고 싶어?"

정진만은 설명이 부족했다는 걸 금방 알아차렸다.

"살아가려면 몇 가지 증명서가 필요해. 인간은 자기가 누구인지 평생 증명을 해야 대접받을 수 있어. 출생, 결혼, 취업, 사고, 입원, 사망까지. 네 출생증명서를 만들 거야. 원한다면 열두 살이 될 수도 있고 스무 살이 될 수도 있지."

그런 걸 스스로 결정할 수 있는 건지 의아했다.

"천천히 생각해. 시간은 많으니까."

내가 고개만 주억거리자 정진만은 구급차 문을 열고 나가 폐병원 입구에 섰다. 그러고는 소리도 나지 않는 초인종을 아주 길게 눌렀다. 그는 내가 불안해할까 봐 구급차를 돌아보며 희미하게 웃어주었다. 사탕 한 알이 입안에서 녹을 만큼 시간이 흐른 뒤 폐병원 문이 열렸다. 수녀처럼 새카만 원피스에 검은 두건을 쓴 초로의 여자가 정진만과 짧게 포옹했다. 둘은 어딘가 아픈 걸 참는 사람처럼 얼굴을 찡그리고 한참이나 대화를 했다. 정진만이 여자를 향해 손바닥을 펼치자, 그녀가 마지못해 악수를 받아주며 구급차를 흘끔 쳐다보았다.

그날부터 폐병원은 내 집이 되었다. 여자는 자신을 수전이라고 소개했다. 그곳엔 수전 외에도 네 명의 남녀가 살고 있었다. 이십대 후반의 통통한 여자 진, 나보다 한두 살 많아 보이는 여자애 그림책, 삼십대 중반의 덩치 큰 남자 새노, 머리카락과 눈썹이 없어 외계인처럼 보이는 젠. 그들은 상자에 든 병아리를 구경하듯 희미하게 웃으며 나를 들여다봤다.

"여긴 우리 직장이자 집이야. 그러니까 합숙소라고 생각하면 돼. 다들 인사해. 얘는…… 하, 널 뭐라고 불러야 하지?"

두건을 벗은 수전이 물었다.

"전 그리마예요. 성씨는 없어요."

내 말에 모두의 시선이 내 속눈썹으로 향했다. 그러고는 이해한다는 듯 고개를 끄덕였다.

훗날, 나는 이 폐병원이 실제로는 한 번도 병원이었던 적이 없다는 걸 알게 된다. 아주 오래전엔 성당이었고 그다음엔 쥐와 새, 노숙자들이 머물던 곳이었으며, 수전이 개조한 뒤로 옐로코드 작업실이 되었다. 이제 정진만이 누구고 옐로코드가 무엇인지 말하는 수밖에 없겠다. 나를 설명하려면.

정진만은 컴퍼스를 최대한 크게 펼쳐 그린 동그라미 같은 남자였다. 나이는 아마도 사십대 중반, 머리숱이 있었다면 삼십대 후반으로도 보이는 잡화상 주인이다. 그의 잡화점에서 파는 물건은 주로 자동 권총과 저격용 소총, 용도가 미묘하게 다른 수백 종의 나이프와 무색무취의 독극물이었다. 직접 쇼핑몰 창고를 견학하고 온 수전에 따르면 거긴 이스라엘 정보기관 모사드의 무기고보다 부족할 게 없다고 했다. 마치 박물관처럼 연대별로 분류한 유탄과 유탄 발사기, 게다가 신형 방사포까지 구비되어 당장 전쟁이 나도 까딱없을 수준이었다.

대한민국에서 그렇게 많은 총기와 도검을 가질 수는 없었다. 합숙소에서 교육을 받으며 세상이 어떻게 돌아가는지 조금 알기 시작하자, 정진만과 수전 그리고 옐로코드 네 사람의 정체가 점점 더 궁금해졌다.

"그 아저씨, 혹시 무기 밀매상이에요? 아니면 킬러?"

저녁 식탁에 앉은 수전이 내 질문에 표정이 굳었다. 햄버그스테이크 접시를 나눠주던 진, 큐브를 돌리며 콧노래 부르던 새노, 포크와 나이프를 장난감처럼 돌리던 그림책, 와인을 따르던 젠이 동작을 멈췄다. 새노가 큐브를 내려놓으며 말했다.

"그냥 설명해줘요, 수전. 그리마도 옐로코드로 살려면 알아야 하잖아요."

"재 그냥 하숙생 아니었어? 옐로코드가 되긴 너무 어리잖아. 치아 상태로 봤을 땐 열일곱 살 정도인데, 뼈와 근육은 열두 살 언저리야. 우리처럼 전문 지식이 있는 것도 아니고."

불쑥 끼어든 진이 따뜻하게 데운 접시를 내 앞에 놓고 식탁에 걸터앉았다. 입주 첫날 내 신체검사를 한 장본인이다. 진은 와인 오크통이 가득한 지하실에서 내 몸을 샅샅이 뒤지고 엑스레이까지 찍었다.

"지식이야 쌓으면 되지. 그림책하고 몇 살 차이 안 나잖아. 내가 관찰해봤는데, 그리마는 이 일에 소질이 있어 보여. 우리처럼 강박증이 있거든. 더러운 곳에서 벌레 취급받으며 자란 아이들의 특징이잖아. 안 그래?"

이번엔 젠이 말했다. 그는 병원에서 7킬로 떨어진 숲 근처에서 반려동물 화장장을 운영했다. 사실상 개나 고양이보다는 돼먹지 못한 인간들의 인체 조직이나 유류품을 태우는 날이 더 많았지만. 그 탓에 젠은 늘 쿰쿰한 재 냄새를 뒤집어썼다. 그래서 퇴근하면 곧장 욕실에 틀어박혀 몸을 씻고 작은 솔로 손톱 밑을 닦아냈다.

폐병원에 모여 사는 옐로코드는 그림책을 제외하곤 하나같이 청결 강박이 있었다. 그들은 주머니에 늘 휴대용 분무기를 들고 다녔다. 분무기 안엔 알코올이 들었는데, 문손잡이나 냉장고, 욕실 세면대에 습관처럼 뿌리곤 했다. 증상이 가장 심한 사람은 진이었다. 그녀는 늘 라텍스 장갑을 끼고 다니면서 짧게는 십 분, 길게는 한 시간마다 손을 씻고 장갑을 갈아 꼈다. 나도 같은 부류였다. 이곳에 정착해 가장 먼저 들어간 곳이 욕실이었다. 그리마답게 일생을 욕실에 갇혀 살아왔건만, 오히려 익숙해서 마음이 편한 공간이었다. 나는 환하고 깨끗한 욕실에 틀어박혀 더러운 몸을 씻고 또 씻었다. 피부가 빨개질 때까지 때를 벗겨내고, 젠이 소독용 알코올에 담가놓은 면도기를 꺼내 더께가 앉은 머리카락을 깨끗이 밀어버렸다.

"애가 애 같아야 귀엽지. 넌 노답이다."

옐로코드 중에서 가장 어리고 하루 종일 태블릿피시만 들여다보는 그림책이 말했다. 예쁘지만 불친절한 그녀는 못생겼지만 상냥한 정진만과 묘하게 비슷한 구석이 있었다. 약품보다는 총기를 잘 다뤘고, 꼼꼼하진 않지만 예리한 면이 있었다.

인간형 외계인처럼 온몸이 매끈해진 뒤에도 나는 틈만 나면 욕실로 들어가 살갗에 비누칠을 했다. 그렇게라도 하지 않으면 더러운 숙명이 살과 피와 뼈에 스며들어 영영 떨어지지 않을 것만 같았다. 눅눅한 욕실을 벗어나 바짝 말린 침구에 몸을 던지면 비로소 내가 건조한 세계에 합류했다는 실감이 났다. 합숙소에 사는 나머지 사람들 역시 나와 비슷한 이유로 청결 강박을 갖게 됐단 건 한참 뒤에나 알게 되었다.

수전이 그란데 사이즈 머그잔에 와인을 가득 따라 물처럼 꼴딱꼴딱 마시며 말했다.

"내가 봐도 넌 재능이 있어. 그러니 오늘 하는 말, 허투루 듣지 마."

수전이 이야기하는 동안 식사가 시작되었다. 수전은 우리를 먹여주고 재워주고 지켜주는 가장이 바로 정진만이라고 했다. 물론 그는 '머더헬프'라는 무기 밀매상 주인이자 킬러기도 하니 세상의 잣대로 보자면 명백한 악인이었다.

누군가 정진만에게 사건을 의뢰하면 그는 자신이 분류해 놓은 코드들 가운데서 적합한 인물을 찾아 배치했다. 가령 킬러는 레드코드, 스파이는 퍼플코드, 그리고 우리 같은 뒤처리 전문가는 옐로코드였다. 정진만은 죽어 마땅한 사람이 있으면 킬러인 레드코드에게 오더를 내렸고, 해킹이나 은밀한 정보 수집이 목적일 땐 퍼플코드를 불렀다. 옐로코드는 주로 레드코드의 동선을 따라갔다. 레드코드가 총칼, 올가미나 해머로 살인을 저지르면 증거와 시신을 깨끗이 치우는 게 우리 옐로코드의 몫이었다. 때론 돋보기와 현미경을 동원해 가구 모서리, 욕실 줄눈, 카펫 섬유를 세세히 들여다봤다. 지문은 물론이고 DNA까지 깨끗이 걷어내기 위해 옐로코드는 늘 화학약품에 노출되어야 했다.

"옐로코드가 돼서 제가 얻는 건 뭐예요?"

본능적으로 위험한 일이라는 게 느껴졌다. 옐로코드를 선택하면 남은 인생을 어두운 음지에서 보내야 할 터였다. 하지만 어쩐지 설렜다. 엉큼한 심성을 가진 사람만이 이해할 수 있는 쾌감이었다. 애당초 선량한 사람이 살인 표적이 될 리 없었다. 내 비루한 몸뚱이로 폭력배와 엽색가, 비밀스러운 위선자를 때려잡을 순 없지만, 어둠 속 히어로의 조력자가 될 수는 있단 뜻이었다. 강박증이라는 핸디캡이 재능이 된다는 사실만으로도 마음이 동했다. 하지만 적성에 맞는다고 해서 일을 덥석 수락할 수는 없었다. 나를 매혹하고 압도할 만한 무언가가 더 필요했다.

수전이 냅킨으로 윗입술에 물든 자주색 와인 자국을 닦아 냈다. 그녀의 작고 새카만 눈동자가 나를 관통하듯 바라봤다.

"가족을 얻게 되겠지."

수전이 다정하게 말했다. 하지만 나는 세상에서 가족이 가장 두려웠다. 내 부모는 비밀이 새어나갈 게 두려워 십수 년간 나를 욕실에서 키웠다. 죽은 개의 이름을 따 나를 부르고, 내가 듣거나 말거나 돌연 죽기라도 하면 시체를 어디에 감춰야 할지 떠들었다. 간신히 가족을 벗어났는데 또 새로운 가족이 생길 처지라니. 식당 벽에 붙은 맑은 거울에 내 실망한 표정이 비쳤다.

"우리에게 가족이란 건 말이야, 백혈구 같은 거야. 네트워크를 통해 의식을 공유하지. 목표를 향해 동시다발적으로 행동할 수 있도록. 누군가 실패하더라도 생존자들이 반드시 복수를 해줘. 그게 가족의 도리니까."

새노가 식사를 마치고 다시 큐브를 잡으며 말했다. 그가 하는 이야기는 좀처럼 이해되지 않았다. 인간이 어떻게 의식을 공유한다는 걸까.

"네가 여기 오기 전에 우린 이언을 잃었어. 유전자 복제 권위자였는데, 바빌론이라는 글로벌 범죄 집단의 타깃이 됐거든. 그쪽에서도 꼭 필요한 인재니까 납치하려고 접근했다가 죽이고 말았지. 그래서 우린 이언의 복수를 대신 해줬어."

복수라는 단어를 발음하는 진의 입술이 가볍게 떨렸다.

육십대 과학자 이언은 콘도덴드론에서 추출된 독성 물질을 과다 흡입해 사망했다. 정진만이 나설 수도 있었지만 수전과 옐로코드 넷은 총칼로 단번에 목숨을 끊는 것이 너무 자비롭다고 생각했다. 이들은 이언을 살해한 바빌론 하수인의 DNA를 분석해 신원을 파악하고 그자에게 접근했다. 그림책이 말을 이었다.

"먼저 그놈의 향수에 콘도덴드론 추출 물질을 주입했어. 두세 번 펌핑 하면 의식이 몽롱해질 양. 그리고 미리 욕조에 염산과 펩신, 뮤코 배합액을 채웠지. 위액하고 거의 비슷한 배합이야. 내가 스케치해놓은 거 있는데 볼래?"

의식이 몽롱해진 악당은 자신의 욕조에서 일주일간 소화되었다. 피부와 근육이 분해되고, 혈관과 신경이 녹아내렸을 터다. 그러는 동안에도 놈의 장기는 작동했고, 의식이 또렷한 상태에서 변기 속 휴지처럼 흩어졌다.

"그림책, 그런 그림은 절대 남겨선 안 돼!"

수전이 가뜩이나 주름 깊은 미간을 잔뜩 찌푸렸다. 새 머그잔에 와인을 채우며 그녀가 말을 이어갔다.

"복제된 이언의 유전자는 배아 상태로 진에게 이식됐단다.

지금 이십 주 차니까 아마 초여름쯤엔 갓난아기 이언을 만날 수 있을 거야. 우린 어떤 일이 있어도 가족을 버리지 않아. 이해했니?"

팔다리가 깡마른 진이 통통하게 느껴진 이유를 그제야 깨달았다. 회색 티셔츠를 봉긋 들어 올린 뱃속에 복제인간이 자라고 있을 터였다.

"영원히 헤어지지 않을 가족이네요."

평범한 사람들에겐 기괴한 이야기로 들릴지 모르지만, 나는 가슴이 뛰고 두피에 땀이 맺힐 정도로 흥분했다. 내가 생각한 가장 이상적인 가족이 여기 있었다. 영원히 헤어지지 않는 한 묶음.

"그런 셈이지. 무수히 실패했지만 결국 이식에 성공했으니 앞으론 좀 더 수월할 거다. 백업해놓은 기억을 이식하는 기술도 언젠간 찾아낼 거야."

수전이 내게 머그잔을 건넸다. 마치 뱀파이어가 되는 순간 같았다. 나는 수전이 준 와인을 한번에 들이켰다. 이 건물 어디서나 맡을 수 있는 강한 알코올 냄새와 연한 오렌지·박하·초콜릿 맛이 동시에 느껴졌다. 의식이 몽롱해지자 젠이 작은 송곳를 들고 다가와 내 귓불을 서걱, 뚫었다. 통증은 느껴지지 않았다.

"아프진 않아도 소름은 끼칠 텐데 잘 참았어. 네 유전자를 채취한 거야. 귀에 유전자 정보가 가장 많거든. 이제 넌 줄곧 살게 되겠지."

나는 초점이 잡히지 않는 눈으로 옐로코드 네 사람의 얼굴을 훑었다. 다들 귓불에 제법 큰 피어싱 자국이 있었다. 나는 피식 웃으며 식탁으로 고꾸라졌다.

정진만은 비둘기 없는 마술사였다. 그는 세상에 기록된 적 없는 내게 2002년 4월 10일생이라는 출생증명서를 가져다줬다. 수염조차 돋지 않은 작고 마른 소년이지만, 법적으로 나는 성인이었다. 그가 덜 아문 내 귓불을 쓰다듬었다.

"입양됐구나. 잘됐어, 좋은 사람들이야. 네가 원하지 않으면 우리 일을 강요하지 않을 거고, 네가 원하면 최고의 옐로코드로 만들어주겠지."

우린 그가 몰고 온 구급차 보닛 위에 나란히 앉아 바다를 내려다봤다. 속눈썹이 드리운 거뭇한 그늘이 하늘을 가렸다.

"해보려고요. 배울수록 재미있어요."

정진만은 뭔가 할 말이 있는 듯 입을 우물거리다가 긴 한숨을 내쉬었다. 나는 끈기 있는 소년이었다. 궁금한 게 있어도 보채지 않고, 하고 싶은 말도 오래 머금다 삼킬 줄 알았다. 그가 스스로 말할 순간을 기다렸다.

"내년에 내 조카가 대학에 입학해. 너보다 한두 살쯤 많겠지만 법적으론 동갑내기지."

정진만이 구형 폴더폰을 열어 사진첩을 보여주었다. 야외 수영장에서 튜브를 든 수영복 차림의 비쩍 마른 소녀가 환하게 웃고 있었다. 동그란 눈매와 입술이 정진만을 닮은 아이였다.

"이름은 지안이야. 앤 내가 어떤 인간인지 전혀 몰라. 하지만 바빌론…… 그러니까 글로벌……."

"범죄 조직. 알아요. 이언 아저씨를 죽였다고 들었어요."

내가 알은체하자 정진만이 볼에 바람을 채웠다 긴 한숨으로 뱉었다.

"벌써 들었구나. 그래, 놈들은 언젠가 앨 찾아 죽이거나 납치할 거야. 내가 바빌론 하수인들을 주기적으로 청소했으니 되갚고 싶겠지. 그래서 내년부턴 네가 지안이를 좀 도와야 할 것 같아."

정진만은 조카를 사랑했다. 저런 무뚝뚝한 사내가 조카에게 사랑한다고 말한 적은 없을 테지만, 그 떨리는 음성과 흔들리는 눈빛으로 짐작할 수 있었다.

"다른 옐로코드는 연식이 있으니 스무 살짜리를 가까이서 마크하기 어려워. 그림책은 야망이 너무 커서 독립시키기 위험하고. 무엇보다…… 바빌론은 아직 너에 대한 정보가 없잖아. 그리마, 부탁하마."

정진만은 내가 거절할까 봐 지레 겁을 집어먹은 눈치였다. 하지만 난 솔깃했다. 건조한 세상에서 처음 맡은 임무였다. 폐병원에서 배운 기술을 실전에 응용한다면 훨씬 쓸모 있는 인간이 될 것 같았다.

"정확히, 제가 무슨 일을 하면 되죠?"

"지금껏 배운 대로 하면 돼. 그 애가 머문 자리를 조용히 따라붙어 유전자 정보를 지우는 일이지. 단, 네 정체를 잘 숨겨야 해. 지안이는 내가 잡화상 주인인 줄로만 알거든. 내가 죽는 날까지 살인자들의 스폰서라는 걸 들켜선 안 돼."

엄청난 부와 권력을 가진 남자도 혈육 앞에선 약해지는 모양이었다.

"지안이는 갑각류 알레르기가 있어. 바빌론이 유전자를 분석해 그 정보를 알아내지 못하게 네가 도와다오."

가족을 선물한 은인에게 그 정도 보답은 하고 싶었다. 내가 크게 한 번 고개를 끄덕이자, 정진만이 낡은 리바이스 청바지 뒷주머니에서 최신형 휴대폰을 꺼냈다.

"정지안의 위치를 실시간 추적할 수 있어. 네가 서울로 올라와 살 자취방도 구해놓을게. 생활비와 수고비는 매달 1일 욕실 환풍구 안에 넣어두마."

정진만이 내 손을 움켜잡았다. 글러브처럼 크고 푹신한 그의 손아귀에서 통증이 느껴질 정도의 힘이 전해졌다.

진은 6월 둘째 주에 출산했다. 진통이 오기 전 스스로 수술대에 올랐고, 수전의 집도로 제왕절개가 이뤄졌다. 나와 젠, 그림책이 그 광경을 지켜봤다. 배를 열고 끄집어낸 이언은 갓난아기치고 고환이 너무 커서 모두가 웃음을 터뜨렸다. 진은 모유수유까진 받아들이지 못했다. 우린 돌아가며 두 시간에 한 번씩 이언에게 분유병을 물리고 기저귀를 갈았다.

죽은 이언은 다시 태어나 내게 많은 걸 주었다. 병원에 사는 다른 옐로코드들은 습관적으로 자신의 유전자와 지문을 지웠지만 이언은 달랐다. 이 작고 연약한 생명은 귀를 쫑긋대며 있는 힘껏 젖병을 빨았다. 나는 이언의 몸을 만진 손에서 샘플을 채취해 얼마만큼의 유전자가 검출되는지 분석했다. 단순히 접촉한 것만으로는 DNA를 추출하지 못했다. 체액이 묻거나 뿌리가 남은 모발, 입술이나 항문, 코점막에서 채취한 상피세포가 있어야 했다. 나는 이언이 재채기할 때 튀는 비말의 범위를 측정하고, 아기가 잡은 물건에서 지문을 채취했다. 그러고는 지금 당장 국립과학수사연구원이 출동해 샅샅이 정밀 감식을 한다 해도 이곳에 아이가 살았다는 증거를 찾지 못하게끔 흔적을 지웠다. 이 모든 절차가 수전의 감독 아래 이뤄졌다.

"그리마, 일반 세제로는 혈액을 완벽하게 지우지 못해. 루미놀을 뿌리면 전부 드러난다고. 수산화나트륨을 써. 그리고 고글 똑바로 안 쓸래? 너 그러다 눈멀고 싶어?"

수전의 잔소리는 연말이 가까워질수록 거세졌다.

"오염된 섬유는 포기하라고 했잖니. 시간만 잡아먹고 있잖아. 카펫이나 침구는 오염 부위를 잘라내고, 옷은 벗겨서 밀봉한 다음 수거해. 하수구 확인했어? 배관으로 얼마나 많은 증거물이 흘러가는지 또 설명해야겠니?"

혹여 실수로라도 정지안의 유전자가 바빌론에 넘어가면 정진만과 옐로코드는 공중 분해되고 말 터였다. 그걸 생각하면 수전의 잔소리는 과하지 않았다. 그사이 젠은 구멍 난 내 귓불에 맞춰 피어싱을 직접 제작했다. 흑요석으로 만든 피어싱은 검디검어서 언뜻 사마귀처럼도 보였다. 그는 내 귓불에 피어싱을 꿰어주고 스스로 만족했는지 씨익 웃었다. 멋지다는 의미로 치켜세운 손가락이 화덕에서 입은 화상으로 부풀어 있었다.

병리학자인 수전, 세균학자인 진, 화학자인 새노와 달리 젠은 그저 손재주가 뛰어난 무학자였다. 무학자라고 무능력자는 아니었다. 그림책도 학구적인 일 대신 싸움과 그림 실력만으로 옐로코드에서 버티고 있었으니까. 젠이 맡은 일은 시체를 태워 DNA를 제거하고 바다에 뿌리는 것이었다. 몇 번이나 육절기에 손가락이 빨려 들어간 탓에 성한 손가락이 드물었다. 그는 오래전 아우슈비츠나 다름없는 어느 복지원에서 탈출해 옐로코드에 합류했다고 들었다. 우리의 공통점은 끔찍하게 더러운 환경에 오래 노출되어 오염을 두려워한다는 거였다. 지금도 종종 생각한다. 언젠가 내 첫 번째 몸이 죽으면, 젠이 반듯하게 토막 내 섭씨 7000도의 화구에 던져 넣겠지. 어쩌면 그날은 젠이 강박적으로 몸을 씻지 않는 날이 될지도 몰라. 생각의 잔뿌리는 여기까지 뻗곤 했다.

내가 정진만을 따라 서울로 올라가기 전, 그러니까 12월 31일이었다. 수전이 출장에서 돌아오지 않아 남은 넷만 모여 저녁을 먹었다. 식사가 끝나고 설거지를 마친 젠은 처음으로 나를 포옹하고도 몸을 소독하지 않았다. 나는 이언과 진, 새노의 볼 가까이에 키스하듯 입술로 소리만 낸 뒤 방으로 돌아왔다.

한창 캐리어에 짐을 싸고 있는데, 누군가 방문을 노크했다. 진눈깨비에 머리가 젖은 수전이 서 있었다. 그녀는 내게 반지 케이스만 한 종이 상자를 건넸다.

"너무 늦은 줄 알고 걱정했구나. 열어봐."

수전의 말에 나는 종이 상자를 조심스레 열었다. 안엔 손가락 두 마디 크기의 바싹 마른 검은 무언가가 들어 있었다. 동물 사체의 일부 같기도 했고, 식물의 굵은 뿌리처럼도 보였다.

"네 탯줄이다, 그리마."

수전이 출장을 다녀온 곳은 내 친모의 집이었다. 내 부모조차 연락이 닿지 않았던 친모를 어떻게 찾아낸 건지, 마른 탯줄은 또 어디서 찾은 건지 신기할 뿐이었다.

"정진만이 알려줬어. 그이는 뭐든 해결할 수 있으니까. 네 친엄마가 화장대 서랍에 탯줄을 모아놨지 뭐니. 태어난 순서대로 숫자가 매겨져 있었지. 네 상자가 1번이고 마지막 상자는 5번이었어. 그분, 지금은 혼자 살더구나."

내 뒤로 태어난 네 명의 아이가 모두 어디로 갔는지 궁금했지만 묻지 않기로 했다. 사연을 듣는다는 건 이해할 여지를 남겨두는 일이라는 생각에 입술이 굳게 닫혔다. 세상엔 친엄마보다 더 끔찍한 사람이 너무 많았다. 기저귀도 떼지 않은 아이를 이유 없이 학대하다 숨이 멎은 뒤엔 김치 통이나 캐리어에 담아 유기하는 사람들도 있었다. 온몸이 바람 든 과일처럼 물컹하게 곪아 부검대에 놓인 아이의 부모. 오래 굶어 제 머리카락과 배설물까지 주워 먹은 아이의 부모. 뉴스에선 한 번도 그들의 얼굴을 제대로 보여준 적이 없었다. 얼굴 모를 범죄자들 틈에 끼어 산다고 잘못이 희석되는 건 아니었다. 그냥 조금 더 나쁘고 덜 나쁜 사람들끼리 유전자를 융합하다 보면 운 좋게 나처럼 무해한 인간이 나오는 경우가 있을 뿐이었다.

"이걸 왜 가져오신 거예요, 수전?"

"내가 구시대 사람이라 그래. 옛날엔 아이가 큰 병에 걸리면, 그 애가 달고 나온 탯줄을 달여 먹였어. 그럼 거뜬히 낫는다고 믿었지. 네게 그런 일이 생기진 않겠지만 혹시 모르잖아. 난 아직 미신을 믿거든."

과학자답지 않은 대답이었다. 나는 수전이 건넨 탯줄 상자를 캐리어에 옮겼다. DNA가 존재를 증명하는 데 말고도 쓰임이 있다는 것이 믿어지진 않았다. 나는 바닷바람이 스민 베개에 얼굴을 묻고 잠들었다. 거칠거나 부드러운 손이 내 뺨을 쓰다듬고, 젖었거나 바싹 마른 입술이 내 이마에 입을 맞추는 게 느껴졌다. 가족들과의 마지막 밤이었다.

정진만이 나를 데려간 곳은 서울의 낡은 복도식 아파트였다. 입주자들은 대개 노인이었고, 경비원과 관리소장 역시 칠순은 넘어 보였다. 내가 살 집은 지안의 집과 정면으로 마주 보는 앞 동이었다. 침대와 책상이 들어가자 바듯해진 침실은 아늑했다. 가장 마음에 든 건 역시 욕실이었다. 세면대 수전과 욕조 모두 새것이었다. 수납장엔 하얗고 두툼한 타월이 가득했고, 벌크로 묶은 비누 · 물비누 · 알코올이 베란다에 놓여 있었다.

"좀 전에 우리 지안이한테도 한 말이지만, 좋은 집은 안전한 집이야. 지하철역이나 맥도날드가 가까운 편의성하곤 비교할 수 없는 조건이지. 그런 면에서 여긴 좋은 집인 셈이야. 근처에 레드코드도 한 명 배치해놨거든? 위험한 순간엔 그 친구가 나설 거야. 넌 흔적만 지워주면 된다는 거 잊지 마."

정진만이 떠나자 혼자가 되었다. 욕실 환풍구 안엔 내 이름으로 개설된 통장과 체크카드, 현금 오십만 원이 들어 있었다. 통장 잔액은 1년 치 월세와 공과금, 통신비를 내고도 약간의 사치를 부릴 만한 정도였다.

겉으로는 깨끗해 보이지만 이전 세입자의 유전자가 잔뜩 묻은 집을 정성 들여 닦았다. 희끗하거나 노란 머리카락을 보며, 중년 혹은 노년의 남자가 우두커니 베란다에 선 모습을 상상했다. 그가 짚었을 베란다 창문으로 다가가 지문을 찾아냈다. 제법 큼직한 엄지 지문이 창문에 얼룩얼룩했다. 지문은 수평으로 흐르다 살짝 융기하곤 다시 곤두박질치는, 마치 죽음 직전 모니터에 표시된 심박 같은 모양이었다. 수전에게 듣기로 이런 모양은 호형문이라 불렀고, 한국인에게선 몹시 드물었다. 머리카락 색깔이며 지문 크기와 형태로 보아 이전 세입자는 외국인일지도 몰랐다. 나는 캐리어에서 루미놀 시약을 꺼내 베란다와 침실 바닥에 뿌렸다. 그러고는 조명을 껐다. 베란다 타일과 안방 장판 곳곳이 오로라처럼 파랗게 빛났다. 헤모글로빈 반응이었다.

누군가 이곳에서 살해당했다면 높은 확률로 바빌론이 보낸 킬러일 터였다. 놈은 우여곡절 끝에 지안에게 접근했을 테지만 어딘가 보고하기도 전에 목숨을 잃었으리라. 나는 루미놀 시약을 집 안 곳곳에 뿌렸다. 곧 부엌 바닥과 욕실 문턱, 욕실 타일까지 온통 파란빛을 내뿜었다. 세면대 수전과 욕조를 바꾼 건, 아마도 놈의 혈액과 살점이 하수구를 통해 다량 흘러 내려갔기 때문일 것이다. 정진만은 옐로코드인 내가 알아서 뒤처리할 것으로 믿은 모양이었다. 나는 공업용 마스크와 고글을 쓰고 수산화나트륨 용액을 꺼냈다. 수전의 말마따나 혈액을 깨끗이 지우는 덴 이만한 게 없었다.

청소는 자정 무렵에야 끝났지만 내 진짜 임무는 그보다 늦게 시작되었다. 한숨 돌리고 베란다 창문을 열었을 때 앞동 맞은편 집에서 그림자가 어른거렸다. 연한 젖빛 커튼 너머로 외투를 걸친 다음 긴 머리카락을 칼라 뒤로 들썩 빼내는 동작이 보였다. 사진으로만 수십수백 번을 본 여자, 지안이었다. 나는 황급히 야구 모자를 푹 눌러쓰고 집을 나섰다. 휴대폰으로 지안의 위치를 추적하며 계단을 달렸다. 늦겨울 밤공기가 차고 청량했다.

단지 입구에서 스친 지안이 어그 슬리퍼를 끌며 걸었다.

"삼촌, 잔소리 좀 그만해. 누가 보면 온실 속 화초로 키운

줄 알겠어. 아파트 바로 앞이라니까. 어떻게 알긴, 현관문에 전단지 꽂혀 있어서 봤지. 걸어서 삼 분? 어, 신호 바뀌었다!"

연분홍색 수면 바지에 모직 코트를 걸친 지안은 정진만과 통화하며 횡단보도를 가로질렀다. 다급히 지안의 뒤를 쫓던 나는 발목이 접질려 욱신거렸다. 지안이 향한 곳은 푸드 트럭이었다. 입간판엔 순대볶음과 떡볶이, 어묵꼬치 메뉴가 석 줄로 적혀 있었다. 나도 다리를 절룩거리며 다가섰다.

"도착했어. 끊는다, 삼촌!"

지안은 전화를 끊고 두 손을 코트 호주머니에 꽂았다. 묵직해 보이는 긴 머리를 높은음자리표 모양으로 틀어 올린 지안의 옆모습이 그림처럼 고왔다. 정진만을 닮아 놀란 듯 크고 동그란 눈동자가 전구처럼 반짝였다. 말을 하거나 입에 고인 침을 삼킬 때면 눈 밑으로 손톱 반달 같은 인디언 보조개가 팼고, 귀밑머리와 이마의 잔머리가 짙었다. 합숙소 가족을 제외한다면 내가 본 인간 여자는 지안이 처음이었다.

"아저씨, 순대볶음 1인분이요. 허파랑 깻잎 많이 주시고 들깨는 아주 살짝 향만 나게요."

주문을 받은 푸드 트럭 주인은 숭덩숭덩 순대와 허파를 썰었다. 이제 내 차례였다.

"저도 순대볶음 하나요."

"이 누나 거랑 같이 볶아줘도 돼요?"

주인이 하얀 두건을 고쳐 묶으며 내게 물었다. 그때까지만 해도 나는 순대볶음이 같은 방식으로 조리해 나눌 수 있는 음식인 줄 몰랐다.

"뭘요?"

"뭐겠어요. 순대볶음 가게에서 머리를 볶진 않을 거 아냐? 옆에 누나 거랑 같이 해서 나눠도 되냐고요."

주인의 대답에 얼굴이 화끈해졌다. 미련스럽게 지안의 꽁무니만 쫓을 줄 알았지, 어떻게 행동해야 자연스러운지는 몰랐다. 되묻지 말고 고개만 끄덕일걸, 아쉬웠다.

"……네. 그렇게 해주세요. 그게 좋아요. 누나 거랑 같이요."

쩔쩔매다 어수룩한 대답을 쥐어짜냈다. 나는 습관적으로 피어싱을 더듬으며 어깨를 움츠렸다. 주인이 떫게 웃곤 스마트폰을 툭툭 터치해 음악을 틀었다. 그는 이미 썰어놓은 양배추를 철판에 올리며 노래를 흥얼거렸다. 못나고 별 볼 일 없는 샌님이 눈부시게 아름다운 여자를 몰래 동경하고 목마르게 바라보는, 내 처지와 닮은 발라드였다.

고음에 다다라 주인의 목소리가 희미해졌다. 나는 주변 시야로 지안을 흘깃거리며 앞으로 해야 할 일을 정리했다. 유전자가 남을 만한 물건은 나무젓가락 정도였다. 지문까지 없앨 필요는 없지만 그리 번거로운 일도 아니니, 간이 테이블을 닦고 쓰레기통에 버린 젓가락만 회수하면 되었다.

"저기요."

지안이 나를 빤히 바라봤다. 흘깃거린 시선을 느낀 걸까. 서둘러 고개를 떨어뜨렸다.

"저기요."

지안이 다시 한번 나를 불렀다. 첫날부터 정체를 들킨 건지도 몰랐다. 정진만의 조카라면 여느 스무 살처럼 세상 물정에 어두울 리 없었다.

아까 아파트에서 나올 때부터 지켜봤어. 날 미행한 거지? 네 정체가 뭐야? 너 스토커구나?

이렇게 따져 묻기라도 하면 어찌 대처해야 할지 몰랐다. 온몸이 습기로 눅눅해진 것만 같았다. 이대로 죽어버리고 싶었다.

"네?"

점퍼 주머니에 꽂은 손에서 식은땀이 줄줄 흘렀다. 나는 천천히 고개를 들어 지안의 얼굴을 바라보았다. 두 눈동자에 비친 나는 안경만 쓰지 않았을 뿐 초라하고 음침한 샌님이었다. 누군가 가시 돋친 손으로 내 심장을 쥐어짜는 듯 가슴이 저릿저릿했다.

"속눈썹…… 연장한 거죠?"

나와 키가 비슷한 지안이 고개를 수그려 내 턱 밑에서 속눈썹을 올려다보았다. 단순한 호기심이었다. 안도감에 얼어붙었던 귓바퀴가 스르륵 녹았다.

"아뇨, 제 건데요."

"진짜요? 이렇게 근사한 속눈썹은 처음 봤어요. 눈썹도 얼굴도 정말 예뻐요. 인기 많겠다."

벨벳처럼 보드라운 지안의 말이 내 눈두덩이에 입을 맞추는 것 같았다. 건조하고 텁텁한 입안에서 따뜻한 수란이 터지며 녹진하게 혀를 적시는 기분이었다. 갓 피어난 연한 장미가 향기롭게 코를 간질이는 느낌이었다. 젖살 오른 이언의 뺨, 수전이 짬짬이 소파에 기대 뜨던 갈색 스웨터, 합숙소 앞마당 대왕참나무를 오르던 노란 얼룩무늬 고양이, 미사포처럼 간지럽게 내 발등을 훑던 바닷물. 세상 모든 아름다운 것의 촉감과 소리와 맛과 냄새가 나를 덮쳤다. 깊게 숨을 들이마시고 천천히 내뱉었다. 죽지 않고 살아남아 다행이라는 생각까지 들었다.

"감사합니다."

지안이 어묵을 꽂아놓은 꼬치를 만지작거렸다.

"사줄게, 하나 먹을래요? 어느 학교 다녀요?"

어떤 대답을 먼저 해야 할까. 내놓고 파는 음식엔 여러 사람의 비말이 섞여 별로 먹고 싶지 않다는 대답? 진짜 나이는 모르지만 당신 삼촌이 만들어준 서류대로라면 나도 성인이라는 대답? 아니다. 나는 가장 보통의 대답을 찾아야 했다.

"어묵은 제가 살게요. 돈 벌어요."

나는 어묵꼬치 하나를 집어 지안에게 건넸다.

"알바하는구나. 동안이라 고등학생인 줄 알았어요. 참, 아저씨! 어묵 육수 우리는 데 뭐 쓰셨어요?"

지안이 어묵을 입에 넣으려다 말고 주인에게 물었다. 치명적인 알레르기가 있다니 함부로 먹을 수 없는 음식이 많을 터였다.

"무하고 양파, 다시마, 게 다리 넣죠. 홍합도 넣어봤는데 비립디다. 왜요?"

철판에 양념이 지글지글 타며 연기가 솟았다. 주인은 추운 날인데도 초경량 패딩을 입은 채 땀을 흘렸다. 그가 순대볶음을 뒤집고 땀을 닦느라 움직일 때마다 손등과 목에 노인의 얼굴을 한 잉어 문신이 움찔거렸다. 몇 달 전 젠이 내게 보여준 문신과 같았다. 젠에 따르면 바빌론과 손잡은 아시아 마피아, 그중에서도 싱가포르계 화승락 조직원들이 인면어 문신을 즐긴다고 했다. 그런데 잉어 대가리가 있어야 할 자리에 백발의 사내 옆얼굴이 새겨져 있었다.

"어쩔……. 좋다 말았어요. 저 갑각류 알레르기 있거든요. 우리 삼촌은 어디 가서 이런 약점 절대 말하지 말라는데, 얘기 안 하면 사람들이 입맛 한번 까다롭다면서 수군대요. 목숨이 걸린 일이니까 소문내는 게 좋잖아요."

불필요하게 많은 정보가 지안의 입에서 흘러나왔다. 잠자코 듣던 푸드 트럭 주인이 물었다.

"삼촌이 그런 거까지 단속해요? 아주 끈끈한 사이구나."

주인의 얼굴이 발그스레하게 달아올랐다.

"별나게 참견이 심해요. 옷 입는 거 하며 머리 모양까지. 자긴 대머리 배불뚝이 아저씨면서."

정진만을 꼭 닮은 지안의 눈을 주인이 유심히 바라봤다. 만약 그가 바빌론 일원이라면 굳이 지안의 유전자 검사를 할 필요도 없을 것이다. 타깃이 제 발로 찾아온 셈이니까. 주인은 음악을 끄고 타원형 접시 두 개에 순대볶음을 나눠 담았다.

"천천히 맛있게 드세요."

주인이 지안의 얼굴에서 눈을 떼지 않고 잔잔하게 웃었다. 지안이 접시 두 개를 받아 하나를 내 앞에 놓아주고는 재빠르게 순대 한 알을 입에 넣었다.

"간이 딱 맞는다. 아저씨, 매일 오세요?"

지안의 질문에 주인은 대답하지 않고 조리대 밑으로 고개를 수그렸다. 멋쩍어진 지안이 내게 콧등을 찡긋하며 웃었다. 조리대 아래서 뭔가를 찾는지 달그락대는 쇳소리가 들렸다. 칼일까, 총일까. 그 순간 조용한 주택가 도로변에 험악한 목소리가 쩌렁쩌렁 울렸다.

"씨이발, 누가 여기서 장사하래! 이 상도덕도 모르는 쌍놈의 새끼야. 안 나올래? 셋, 둘, 하나!"

지안과 나는 젓가락을 내려놓고 뒤를 돌아봤다. 복면을 쓴 키 큰 남자가 야구방망이를 들고 서 있었다. 작은 두상에 비해 몸통이 굵직한 그 남자는 손목을 꺾어 뚝뚝 소리를 내며 다가왔다.

"누군데 아가리로 똥을 싸?"

그제야 주인이 조리대 뒤에서 몸을 일으켰다. 유행가를 흥얼거리며 순대를 볶던 손에 어느새 커다란 낫 같은 게 들려 있었다. 네팔에서는 소의 목을 베는 데 쓰고 전쟁에선 적장의 목을 베는 데 쓴다고 알려진 도검, 쿠크리였다. 어느 모로 보나 평범한 요리사가 가질 만한 물건은 아니었다.

복면 사내가 야구방망이로 지안의 접시를 타격하며 소리쳤다.

"딱 보면 몰라? 동종 업계 종사자잖아! 나도 순대 좀 써는 놈인데, 누구 순대가 더 긴지 한번 재볼까."

"하, 머더헬프에 붙어먹고 사는 따개비였구나. 형씨, 내 순대가 더 길면 저 손님은 앞으로 내 단골이야. 어디 순대 한번 꺼내보자."

주인의 입에서 머더헬프라는 단어가 튀어나왔다. 비로소

그의 정체가 확실해졌다. 정진만의 조카가 서울로 유학 온다는 소문은 이미 저들 사이에선 짜하게 퍼졌을 터였다. 그리하여 정보력 좋은 바빌론 부역자들이 범위를 좁혀 여기 중곡동까지 기어들었으리라. 수전이 한 말이 떠올랐다. 악인들은 대체로 성실해. 늘 불안하니까 여기 기웃, 저기 기웃할 수밖에 없지. 영화에선 주인공이 승리하지만, 현실에선 악인들이 득세하는 이유가 바로 그거야.

바빌론은 성실하게 중곡동 일대에 푸드 트럭을 배치하고 새로운 세입자들 집을 돌며 전단을 붙인 거였다. 언제가 될지 모를 기회를 노리며 여기 기웃, 저기 기웃.

주인이 푸드 트럭 테이블로 육중한 몸을 날렸다.

"너넨 좀 꺼져줄래?"

복면 사내가 내 엉덩이를 걷어찼다. 화들짝 정신이 들었다. 둘 중 하나는 죽어야 끝날 싸움이다. 정말 내장이 쏟아지고 피가 낭자할지도 몰랐다. 온실 속 화초 같은 지안이 보아선 안 될 광경이었다. 나는 지안과 손깍지를 끼고 내달렸다.

"누나, 괜찮아요?"

지안도 긴장했는지 손에서 배어난 땀이 축축했다. 나와 그녀의 유전자가 소리 없이 뒤섞이는 듯했다.

"새로 이사 왔는데…… 이 동네 왜 이렇게 흉흉해요? 아까 복면 쓴 남자한테 걷어차였죠? 112 신고할래요? 내가 증인

서줄게요."

말을 마친 지안이 횡단보도 앞에서 걸음을 멈췄다. 그러고는 푸드 트럭을 노려보았다. 질펀하게 싸움이 벌어질 줄 알았는데, 두 사내의 모습은 보이지 않았다. 벌써 승부가 난 모양이었다. 나는 재빨리 몸을 돌려 지안의 시선을 가로막고 답했다.

"헛발질이었어요. 제가 슬쩍 피했거든요. 기분은 나쁘지만 그냥 봐주죠. 장사도 망한 거 같은데."

순간 지안의 등 너머 은행나무 가로수 쪽에서 화상을 입은 엄지가 불쑥 튀어나오더니 척, 하늘을 가리켰다. 젠이었다.

지안은 눈치채지 못했지만 이 거리엔 레드코드와 옐로코드 수십 명이 모여 있었다. 그들은 지안이 안전하게 집으로 돌아가길 기다렸다가 각자 맡은 임무를 수행할 터였다.

"너그럽네요. 사랑 많이 받고 자랐나 봐요. 집이 어디에요? 나는 길 건너 아파트에 살아요."

지안의 대답과 함께 신호등 불빛이 바뀌었다. 내 부모가 듣기엔 너무 호사스러운 말이었다.

"꼭 그렇진 않아요. 근처니까 바래다줄게요."

제법 평범한 남자 사람처럼 말한 것 같아 뿌듯했다.

"노인들이 많이 사는 아파트라더니, 거리에 정말 사람이 없어요. 늘 이래요?"

"주택가니까 조용한 편이죠. 그래도 문단속 잘 하세요, 누나."

나는 경계심을 풀지 않고 지안을 바래다주었다.

"나, 누나 아닐 거예요. 이번에 대학 입학했거든요. 그쪽은 무슨 일 해요?"

지안이 내 걸음에 맞춰 보폭을 좁혔다. 생각해본 적 없는 질문이었다. 나이야 서류상 성인이니 동갑이라고 말할 수 있지만, 직업은 새로 지어내야 했다. 화장실에서 탈출한 뒤로 줄곧 쓰임새 있는 사람이 되길 갈망했는데, 정작 그런 직업군을 뭐라고 부르는지 몰랐다.

"무슨 일 하는 사람처럼 보여요?"

"예술 계통. 뭔가 세상에 없는 걸 만드는 사람 같아요. 손가락도 섬세하고, 얼굴에서 감수성이 뿜뿜하잖아요. 노래나 시, 아니면 도자기?"

지안은 사람 보는 눈이 없었다. 나를 근사한 외모의 예술가로 봐주는 사람은 그녀밖에 없을 터였다. 나는 지안이 바라는 사람이고 싶었다. 어떤 거짓말을 하든 정진만이라는 거물이 뒷배를 봐줄 테니 겁나지 않았다.

"저도 스무 살이에요. 미생물학을 전공하고 알바로 웹소설을 쓰죠. 육안으로 보이지 않는 미시 세계가 배경인 판타지물이에요."

내가 보이지 않는 것을 주무르는 건 사실이니까.

“어쩐지, 뭔가 아우라가 다르더라. 필명이 뭐예요? 혹시 되게 유명해요?”

지안의 질문에 대답하기도 전에 아파트 입구에 도착했다.

“지금은 아니지만 포기하지 않으면 언젠간 유명해지겠죠. 그때 알려드릴게요.”

지안을 바래다주고 돌아선 순간, 나는 더 이상 샌님 스토커가 아니었다. 임무를 위해선 죄책감 없이 거짓말도 할 줄 아는 능글맞은 남자로 성장해 있었다. 지안을 지켜낼 수만 있다면 진짜 대학에 입학해 미생물학을 공부하고, 욕실 배수관에 귀를 붙인 채 밤새워 웹소설을 쓸 수 있을 것만 같았다. 나는 한 사람만을 위한 수호자였고, 그것이야말로 한참이나 골몰했던 나의 쓸모였다.

어둑한 가로수 사이사이로 익숙한 얼굴들이 보였다. 수전, 진, 새노, 젠, 그림책. 지안의 집에 조명이 켜지자 숨어 있던 코드들이 모습을 드러냈다. 나는 야구 모자를 슬쩍 들어 가족들에게 인사했다.

모두가 망토와 모자로 얼굴을 가린 채 푸드 트럭에 다가섰다. 철판 위에 주인의 얼굴이 지글지글 익고 있었다. 총알이 파고든 뒤통수에서 피와 뇌수가 쏟아져 역한 냄새를 풍기며 뭉게뭉게 김이 올랐다. 등허리엔 쿠크리가 박혀 있었고, 테이블 위로 동강 난 손가락이 비엔나소시지처럼 뒹굴었다. 그를 이 꼴로 만든 사내가 푸드 트럭 문을 열고 나오며 복면을 벗었다. 크고 매서운 눈에 사과라도 저밀 듯 날카로운 콧날, 시커먼 피부. 사내는 나와 눈을 맞추며 말했다.

"네가 그리마 맞지? 나 원래 연기는 어설픈데 운이 좋았어."

사내의 코드네임은 테이큰이었다. 내가 그와 악수를 하자, 뒤에 서 있던 진이 얼른 소독 젤 튜브를 손바닥에 짜주었다. 어느새 새노는 마스크와 장갑을 착용했고, 젠은 진공 팩을 펼친 뒤 스크래퍼로 철판을 긁기 시작했다. 키가 작은 수전이 고개를 치켜들어 테이큰을 올려다보며 나지막이 항의했다.

"테이큰, 궂은일 하는 사람도 생각해줘야죠. 깔끔하고 조용하게 처리하는 게 원칙인 걸 잊었나요? 어떻게 매번 사람 머리를 보름날 부럼 깨듯 부순답니까. 파편이 어디까지 튈지 생각 안 해요? 이 근방 나무껍질까지 다 벗겨내야 한다는 거 알잖아요. 우리 골탕 먹이려고 일부러 이럽니까?"

수전의 눈빛에 노기가 가득했다. 그러고 보니 테이큰의 살해 방식은 지나치게 비인도적이었다. 도로 방향으로 던져놓은 야구방망이에 머리카락 달린 살점이 붙은 걸로 보아, 그는 치명상을 입힌 뒤 확인 사살까지 한 모양이었다. 그림책이 동강 난 손가락을 지퍼 백에 담았다.

"할머니, 나한테 지금 갑질해? 언제부터 옐로가 레드한테 훈수를 두게 된 거야? 하여간 정신 빠진 놈들이라니까."

"뭐라고요? 막말한 거 당장 사과해요. 그리고 이번 일은 진만 씨에게 보고할 겁니다."

"아직도 모르는구먼. 나랑 정진만이랑 다른 부류 같소? 할머니, 이제 망상에서 좀 깨어나요. 당신들 집단 최면에 걸렸다는 걸 인정하라고."

상대의 무기를 빼앗아 굳이 손가락까지 절단한 테이큰은 피식 웃으며 커다란 손으로 내 야구 모자를 빼앗아 썼다. 그는 몇 걸음을 떼더니 나를 돌아봤다.

"너 인마, 네가 우연히 구조됐다고 생각하지 마. 이 바닥은 그리 낭만적이지 않아요. 누군가 널 정진만에게 팔았다는 거 모르겠어? 내다 버릴 수 없어 전전긍긍하던 걸 냉큼 주워다 애틋한 서사까지 끼얹은 다음 닮은 꼴들끼리 묶어놨단 생각은 안……."

테이큰의 말이 끊겼다. 젠이 그의 뒤에 달라붙어 운동화 끈으로 목을 조른 탓이었다.

"그리마, 이 새끼 말 믿지 마! 이 새낀…… 어떻게든 우릴 분열시키려는 거야. 말단부터 서서히 무너뜨려 머더헬프를 집어삼키려는 수작이지. 우리 옐로코드가 가장 견고하니까!"

목이 졸린 건 테이큰이었지만 얼굴이 시뻘게진 건 오히려 젠이었다.

두 사람의 말은 모두 그럴싸했다. 내 부모의 교통사고 소식은 욕실 벽에 붙은 포스트잇으로 처음 알았다. 생각해보니 병원에 누워 있어야 할 아빠가 집에 돌아와 친히 메모를 붙이고 돌아갔다는 게 자연스럽지 않았다. 부모는 명절이나 휴가철이 다가오면 욕실 앞에 과자 부스러기를 잔뜩 쌓아놓고 온다 간다 말도 없이 떠나곤 했다. 그날처럼 소식을 전하고 집을 비우는 일은 없었다. 더구나 내가 탈출을 감행했을 때 마치 기다렸다는 듯 정진만이 나타난 걸 우연이라고 할 수 있을까. 하지만 젠이 내게 거짓말할 이유도 없었다. 그가 탈출한 복지원은 시사 고발 프로그램에도 여러 번 나왔고, 소수의 생존자들은 외상후스트레스증후군에 시달리고 있었다. 정진만이 젠을 데려왔다면 그건 구매가 아니라 구조일 터였다.

테이큰이 목과 운동화 끈 사이에 손가락을 욱여넣고 강하게 당기자, 뒤에 있던 젠은 테이큰의 뒤통수에 이마를 들이받고 말았다. 젠이 코피를 흘리며 주저앉았다. 테이큰은 서둘러 바닥에 떨어진 운동화 끈을 젠의 목에 감고 반동을 실어 잡아당겼다. 젠의 목이 비정상적인 각도로 꺾였다. 피어싱을 한 왼쪽 귓불이 쇄골로 향했다. 죽은 게 틀림없었다. 그와 동시에 수전, 진, 새노, 그림책이 허리춤에 꽂아두었던 권총을 꺼내 겨눴다.

“왜들 이래? 정진만이 옐로들한테 진짜 총을 줬을 리 없잖아. 별거 아닌 일로 너무 오버하지 말라고. 좋아, 내가 사과할게. 그런 의미에서 나부터 총을 내려놓지.”

바닥에 총을 내려놓은 테이큰이 팔짱을 끼고 싱글거리며 나를 바라봤다.

“날 용서해라, 그리마. 내가 한 말은 모두 거짓이었어. 정진만은 너희 패밀리를 인신매매하지도, 가스라이팅하지도 않았지. 그저 우연하게 드라마틱한 사연을 가진 여섯 명이 한집에 모여 살 뿐이야. 이해했지?”

조금도 반성하는 목소리가 아니었다. 진실이 무엇이든 내가 해야 할 일은 잘 알 것 같았다. 정지안을 보호하는 게 내 본연의 임무였다. 이제야 겨우 쓸모를 찾아냈는데, 다시 흔들리고 싶지 않았다. 나는 테이큰이 바닥에 내려놓은 권총을 집어 들었다.

“테이큰, 소음기는 안 달았지만 우리 총에도 실탄이 들었어요. 그러니까 주둥이 다물어.”

진이 탄창을 열어 테이큰에게 내보이며 말했다. 그러자 놈이 짐승처럼 안광을 내뿜었다. 나는 테이큰에게서 두 걸음 물러나 총구를 조준했다. 옆에 선 수전이 고개를 끄덕였다.

“잘했다, 그리마. 그런데 안타깝게도 테이큰의 말은 모두 사실이란다. 딥웹에선 2000년대부터 이런 식의 인신매매가 제법 있었지. 하지만 분명히 짚고 넘어가야 할 게 있어. 네 부모는 돈을 주고 널 내다 버린 게 아니란다. 오히려 돈을 받고 권리를 양도했지. 우리 모두가 그런 방식으로 여기 모였단다. 정진만은 우리 장기를 떼어 팔거나 우릴 스너프 필름 소재로 써서 죽일 수도 있었을 거야. 물론 그러지 않았지. 대신 각자 잘하는 일을 훈련시켜 밥값을 하게 해줬어. 우린 자유인이고, 유능한 전문가 집단이란다."

수전이 걸음을 옮겨 젠의 시신에 다가갔다. 그녀는 축 늘어진 젠의 겨드랑이 사이로 손을 집어넣어 쭉 끌어당겼다. 언젠가 새노가 했던 말이 생각났다. 누군가 실패하더라도 생존자들이 반드시 복수를 해준다는 얘기. 그게 가족 된 도리였다.

젠의 복수를 해주고 싶었지만 총을 쏠 줄 몰랐다. 하지만 세상 모든 아기가 배우지 않고도 젖을 물고, 빨대를 빨고, 숟가락과 포크를 받아들인다. 방아쇠 당기는 일도 마찬가지일지 모른다. 나는 언젠가 유튜브에서 본 대로 테이큰의 가슴팍을 겨눈 뒤 빽빽한 방아쇠를 당겼다.

퉁.

소음기 성능이 훌륭한 덕에 농구공 튕기듯 가벼운 격발음이 전부였다. 그 시시한 타격으로 테이큰은 목이 관통돼 즉

사했다. 진이 작게 환호했다. 나는 옐로코드 주제에 킬러가 되었다. 총을 내려놓자, 수전이 내 손을 덥석 잡으며 말했다.

"제법이구나, 그리마. 나중에 젠이 무척 고마워할 거다."

알고 있었다. 머지않아 이언에게는 손재주 좋은 동생이 생길 것이고, 이번엔 내가 귓불을 뚫어줄 차례였다. 그렇게 생각하자 싱거운 웃음이 새어 나왔다. 격앙되었던 마음이 수그러들더니 이내 떠오르는 사람이 있었다.

"수전, 저 갈 데가 있어요. 뒤처리 부탁해도 될까요?"

"임무 첫날부터 어딜?"

수전이 고글을 쓰며 물었다.

"순대볶음 사러 가요."

내 대답에 수전이 웃음을 터뜨렸다.

"그래, 그리마. 하지 말라면 더 하고 싶은 게 사람 마음이지. 끌리면 끌려가도 돼. 넌 그 애를 지키고, 우린 너를 지키면 되니까. 오늘은 그만 퇴근해라."

수전은 다시 한번 유쾌하게 웃으며 전신 슈트를 걸치고 장화를 신었다.

"수전…… 배꼽을 가져다줘서 고마워요."

말라비틀어진 탯줄을 가진 한, 죽을 일은 없다는 믿음이 그녀에게서 내게로 옮겨왔다.

"싱겁기는. 어서 가봐. 정말 바쁜 밤이 될 거 같구나. 자, 혹시 슬픈 사람 있으면 차에 가서 울고 오도록. 유전자 한 점이라도 줄여야 하지 않겠니? 3시 안에 끝내고 철수하게끔 서두릅시다. 그림책, 레커차 운전할 줄 알지? 새노는 차에 가서 방수포 더 가져와."

내가 빠진 탓에 더 분주해진 가족들을 훑어보고 밤거리를 뛰었다.

퇴근 후 사사로운 일정이었다. 호젓한 주택가를 벗어나자 빌딩 숲이 보였다. 조금 더 다가서니 술과 안주를 만들어 파는 가게와 카페가 즐비했다. 담배 연기와 순대볶음 냄새가 칼바람에 섞여 났다. 그 애의 몫과 내 몫을 한데 볶아 나누어 줄 가게가 여기 어딘가에도 있을 것이다.

사랑은 이렇게도 숨이 차고 매콤하구나.

피의 맛

나는 해고되었다. 조직을 배신한 대가치곤 가벼웠다. 나는 가난한 악당답게 다가구주택 단지, 그중에서도 후미지고 연식이 오래된 반지하 집에 살았다. 심한 오한을 느끼며 눈을 떴을 때, 나는 피에 젖은 워커를 신은 채 신발장 앞에 엎드려 있었다. 결국 또 살았구나. 소리 없이 입술만 달싹거려 이 지겨운 삶이 계속된다는 걸 확인했다. 젖은 워커를 벗어내자 퉁퉁 부은 발이 드러났다. 한쪽 팔과 어깨가 뜻대로 움직이지 않아 옷을 벗는 대신 가위로 잘라냈다. 속옷까지 잘라내 나신이 된 나는 아주 희미하게 존재했다. 살았다고 하기엔 너무 창백했고 죽었다고 하기엔 아직 숨이 붙어 있었다. 거실 바닥 위로 핏자국과 발자국이 뒤엉켜 있었다.

나는 씻기 전에 부엌 옆에 한 뼘 너비로 열어놓은 미닫이 문을 열었다. 안엔 고양이 화장실 두 개와 캣 타워가 있었다. 내가 집을 비우는 날이 잦을 땐 화장실 한 개로는 부족했다. 위생 봉투 한 장을 뜯고 고양이 화장실 뚜껑을 열었다. 감자 모양으로 뭉친 소변과 모래에 수분이 빠져나간 대변을 구멍 뚫린 삽으로 위생 봉투에 옮겼다. 다른 화장실을 열려는데 타워 꼭대기에서 자던 노란색 고양이 '하와이'가 폴짝 뛰어 내려 내 야윈 등허리에 뺨을 비볐다. 고개를 들어 베란다 쪽을 바라봤다. 지면과 맞닿은 베란다 문은 반쯤 열려 있었다. 내가 돌아오지 않으면 마냥 기다리지 말고 저 문으로 떠나라고 하와이에게 말했었다.

"넌 나보다 의리 있구나."

남은 화장실 청소는 미루기로 했다. 깔깔한 혓바닥이 살갗에 말라붙은 핏자국을 핥았다. 나는 하와이를 밀어내지 않았다. 비록 작지만 육식동물답게 피와 살을 탐하는 하와이의 욕구를 채워주고 싶었다. 타고난 본성이 바뀌지 않으리란 걸 누구보다 잘 알았다.

"오랜만에 캔 하나 따줄게."

거실로 나와 간식이 든 서랍을 열었다. '캔'이란 단어에 호들갑스럽게 울며 달려들어야 할 하와이는 조용했다. 의아한 마음에 베란다로 시선을 옮겼다. 하와이가 앉은 자리에 불긋한 핏자국이 보였다. 내게서 묻어난 피인 줄 알았지만, 얼마 지나지 않아 그게 아니란 걸 깨달았다. 하와이가 앉은 자세에서 고개만 떨어뜨린 채 열심히 옆구리를 핥았다. 혀가 지나간 자리에 빨긋한 상처가 보였다. 핥으면 핥을수록 상처에선 피가 흘러나왔다.

"누가 이랬어?"

캔을 바닥에 내려놓고 하와이 곁에 다가갔다. 옆구리 상처는 길고양이의 발톱이나 잇자국이 아니었다. 7센티에 달하는 길고도 깊은 상처였다. 칼에 벤 상처가 확실했다. 집에는 부엌칼은 물론 커터 칼도 없었다. 그렇다면 누군가 이 집에 들어와 나의 하와이를 해쳤다는 얘기였다.

약이 든 서랍을 열었다. 약국에선 팔지 않는 총상용 패치를 꺼내 가위로 오렸다. 날을 잘 벼린 큰 가위였지만 두께가 1센티를 넘는 패치는 쉽게 가윗날을 받아들이지 않았다. 그래도 며칠 붙여두면 유탄이 빠져나오고 살이 아물 터였다. 나는 팔에 난 총상에 패치를 붙이고, 하와이의 상처에 붙일 패치를 오려 다가갔다.

"어떤 놈이야? 우리가 가진 건 목숨뿐인데, 겨우 목숨뿐인데. 그것까지 내놓으라고 하디?"

대답이 돌아올 리 없었지만 나는 하와이의 옆구리에 패치를 붙이고 붕대를 감으며 묻고 또 물었다. 아직 피가 난다는 건 몇 시간 전에 침입자가 있었다는 뜻이었다. 하지만 바빌론 일당의 소행은 아니었다. 나는 머더헬프 정진만을 배신하고 바빌론 밑으로 들어가 충성을 맹세했었다. 덕분에 그들의 전략과 전술은 이미 잘 알고 있었다. 어제와 그제, 바빌론 일당들은 두 패거리로 나뉘어 각각 머더헬프와 굿데이 편의점 전투에 투입되었다.

"이수연 씨, 안에 계십니까?"

누군가 현관문을 노크했다. 집주인은 팔십대 노부인이었고, 1층 2세대의 집에 사는 남자들은 일터로 나갔을 시간이었다. 나는 발소리를 낮추고 침실로 들어가 티셔츠와 잠옷 바지를 꺼내 입었다. 전쟁에서 전투복을 입듯, 평범한 사람들의 세상에선 얼룩 없는 순면 티셔츠와 고무줄 바지가 효율적이었다. 하와이를 해친 놈일까.

"경찰입니다. 뭐 하나 여쭈려고요."

상대가 다시 현관문을 두드렸다. 정말 경찰이 맞는 걸까. 어쩌면 정진만이 보낸 히트맨일지도 몰랐다. 답을 얻는 법은 간단했다. 전자라면 빈집이라 생각하고 떠날 것이고, 후자라면 도어록에 총질을 해 강제 개방할 터였다.

"최 형사, 안에 없는 거 같은데?"

누군가가 또 다른 누군가에게 말했다.

"베란다 창이 열려 있었어요. 두 번째 피해자가 있을지 누가 압니까. 119 불러서 개문하는 게 낫지 않아요?"

두 번째 피해자라는 말에, 나는 그들이 경찰임을 알아차렸다. 현관 앞엔 피에 젖은 워커와 옷가지가 널브러져 있었다. 욕실 장 안의 글록17 한 자루와 고양이 간식 서랍 아래 칸의 군용 나이프 세 자루가 마음에 걸렸다. 하지만 나는 용의자도 아니었고, 영장 없이는 집 안을 수색할 수 없었다.

"잠시만요."

나는 태연한 목소리로 기척을 내고는 피 묻은 물건들을 세탁실로 옮겼다. 정진만이 만들어준 신분에 따르면 내 이름은 소민혜가 아닌 이수연, 29세였다. 가짜 주민등록번호를 속으로 되뇌고는 현관문을 열었다.

"남부서에서 나왔습니다."

피부가 검고 얼굴이 긴 남자가 내게 신분증을 보여주었다. 형사 팀장 최였다. 그의 옆에 선 얼굴이 희고 둥근 남자는 같은 팀의 김씨 성을 가진 형사였다.

"무슨 일로……?"

내 물음에 두 형사가 의아한 표정을 지었다.

"새벽에 집에 안 계셨어요? 사이렌 소리 요란했을 텐데."

김이 물었다.

"집에 있었는데 깊이 잠들었어요."

형사의 예리한 시선이 내 어깨를 넘어 집 안을 살폈다. 그가 무슨 생각을 하는지 알 것 같았다. 기본 옵션으로 달린 벽걸이 에어컨과 침대, 붙박이장이 전부인 살림이었다. 식사는 늘 집 앞 백반집에서 사 먹다 보니 냉장고와 전자레인지도 없었다. 집 안엔 하와이의 솜을 누며 만든 작은 은신처와 자동 급식기, 급수기만 덩그러니 놓여 있었다.

“2층 집주인 권이순 씨가 오늘 새벽 4시에서 6시 사이에 사망하셨습니다. 그 시각에 평소와 다른 소리가 났다든지 근래 집 근처에서 수상한 인물이 보였다든지, 뭐라도 좋으니 편하게 말씀해주세요.”

최는 너무 일찍 일어났거나 밤을 샜는지 입가에 허연 버짐이 올라와 있었다.

“아까도 말씀드렸지만 기절하듯 잠들었어요. 강도인가요?”

“뉴스 안 보시는군요. 장곡동을 중심으로 서남부 지역에 연쇄적인 강도 살인사건이 있습니다. 일주일에서 한 달 간격으로 다섯 명이 사망했습니다. 족적과 장갑흔으로 미루어 모두 동일인입니다. 잠금장치가 미비한 집에 들어가 귀중품을 빼앗고 둔기로 머리를 공격했죠. 인간이 없으면 동물이라도 해치고 도주했어요.”

비로소 깨달았다. 놈은 내가 집을 비운 사이 베란다로 침입해 하와이를 공격한 것이었다. 지난 사흘간 나는 집을 비웠다. 알리바이를 대려면 끝없는 거짓말이 이어져야 할 터였다. 튀어나온 올을 잘못 건드리다 보면 스웨터 한 벌이 사라질지 몰랐다. 하와이에겐 미안하지만, 경찰과 얽히는 일만은 피해야 했다.

"너무 끔찍하네요."

진심이었다. 사람 죽이는 일을 직업으로 삼았지만, 내 타깃들은 죽어 마땅한 악한이었다. 인육이나 장기를 밀매하고 가난한 나라 어린애들을 성노예로 팔아넘기기도 하며, 죄의식 없이 마약과 무기를 유통하는 인간쓰레기들. 그들은 죽는 순간까지 반성할 줄 몰랐다.

"그거…… 피 아닌가요?"

최가 내 안경을 가리키며 물었다. 시야에 불긋한 뭔가가 걸렸다. 비처럼 피가 쏟아지는 전쟁터에서 겨우 생존했으니 안경 렌즈에 피가 튄 것은 당연했다.

"네, 피가 맞을 거예요. 어제 잔뜩 취해서 돌아왔는데 여기저기 까졌더라고요. 숙취 때문에 줄곧 잤고요.

하나의 의문을 설명하는데 거짓말이 두 가지나 따라붙었다. 눈치 빠르고 정의로운 사람들 앞에선 어쩐지 주눅이 들었다. 그들과 공평하게 산소를 소비하고 이산화탄소를 배출한다는 게 송구해졌다. 내가 죽인 자들은 분명 악당이었지만, 그렇다고 죄의 무게가 가벼워질 리 없었다. 언젠가 나 역시 내가 죽인 악당들과 함께 지옥에서도 가장 혹독한 곳에 유배되리라는 걸 알았다. 어깨가 자꾸 움츠러들었다.

"혹시 떠오르는 게 있으시면 언제든 연락 주세요. 베란다 쪽 창문 꼭 잠그시고요."

김이 내게 명함을 건넸다. 나는 붉은 피딱지 덮인 손으로 빠르게 그의 명함을 가져왔다.

현관문이 닫히고 멀어지는 발소리를 확인한 후에야 심박수가 떨어졌다. 하와이가 절름거리며 다가와 바닥에 내려놓은 캔과 나를 번갈아 바라보았다.

"하와이, 도망쳤어야지. 모든 인간은 상대적으로 약한 것에게 잔인해."

주인집 할머니가 정진만 같은 덩치였다면 살해되지 않았을 터였다. 하와이가 발톱을 세우고 송곳니로 놈의 팔뚝을 물어뜯은 뒤 도망쳤다면 무사했을지 몰랐다. 나는 검색창에 '장곡동 살인사건'을 입력해 검색했다. 집에 혼자 있던 14세 여중생, 투석 치료를 받고 귀가한 69세 남성, 가전제품 설치 기사를 기다리느라 현관문을 열어놓은 35세 주부, 학습지 교사를 기다리던 맞벌이 가정 7세 소년의 기사가 잇따랐다. 다리가 절단된 푸들, 양쪽 귀가 잘려나간 페르시안 고양이, 등껍질이 분리된 거북이까지, 하나같이 나처럼 희미하게 존재

하던 생명들이 죽거나 죽을 만큼 고통스러운 채 살아남았다.

형사들보다 먼저 살인마를 찾아내야 했다. 놈에게 감옥은 너무나 호사스러운 공간이었다. 베개와 이불, 하루 세끼의 식사와 의료서비스를 누리며 정의로운 사람들의 세금을 축내게 해선 안 되었다. 나는 캔을 따 간식 접시에 담아서 하와이 앞에 내려놓았다. 그리고 침대 매트리스를 들춰 노트북을 꺼냈다. 집 안 곳곳엔 움직임이 감지되면 활성화되는 초소형 CCTV가 배치되어 있었다. 놈은 하고많은 집 중에 하필 불명예 퇴직한 킬러의 집을 골랐다. 타락과 무지의 대가를 치러야 할 때였다.

CCTV에 비친 사람은 십대 후반에서 이십대 초반 정도로 보이는 남자였다. 그는 내가 집에 도착하기 전 베란다 창문을 통해 침입했다. 170센티 정도의 키에 마른 체격, 검정색 기능성 티셔츠와 조거 팬츠, 야구 모자와 장갑, 마스크 차림이었다. 놈은 테니스 라켓 하나 정도는 들어갈 법한 슬링백에서 짧고 뭉툭하게 생긴 망치를 꺼냈다. 자신의 손과 팔 길이에 맞게 직접 제작한 것으로 보였다. 하와이는 베란다 캣타워 상층에서 눈에 녹색 안광을 쏘며 놈을 내려다봤다. 남자의 첫 번째 목적은 절도였다. 그러다 사람이 깨면 살인 본능이 발동해 망치를 사용했을 터였다. 절도와 살인 모두에 실패하면 반려동물이라도 해치고 마는 무뢰한이 베란다에서 부엌으로 들어오는 중간 문을 열었다.

놈은 고무장갑이나 발수건조차 없는 내 집 거실에 잠시 멍하니 서 있었다. 집주인 특유의 체취와 온기가 느껴지지 않는 이상한 집이라고 생각했을 터였다. 그는 과감하게 거실 형광등을 켜고 서랍장을 뒤졌다. 고양이용 캔과 쿠키, 캣닙이 든 장난감을 거칠게 뒤졌다. 건질 게 없자 다음 서랍을 열었다. 군용 나이프 세 자루를 발견한 그는 아이템을 얻은 게이머처럼 환호하지 않았다. 그럴 만했다. 칼이 있다는 건 그 칼을 다룰 만한 사람도 함께 있다는 의미가 되니까. 놈은 망치 자루를 손에 바짝 움켜쥐고 침실 문을 조심스럽게 열었다.

나는 침실에 설치된 CCTV 녹화본을 틀었다. 놈이 침실 문을 열고 들어와 집이 비었다는 사실을 알아차리는 장면부터 영상을 재생시켰다.

"씨발, 뭐 하는 새낀데 저런 칼을 집에 두냐. 오타쿠인가?"

긴장이 풀어진 놈이 방 안을 설렁설렁 느리게 걸어 다녔다. 걸음걸이가 독특했다. 걸을 때 오른쪽 무릎이 안쪽으로 살짝 휘는 탓에 오른쪽 어깨가 조금씩 기울었다. 습관인지 모자를 벗었다가 머리를 쓸어 올리고 다시 썼다. 반곱슬의 갈색 머리카락은 오른쪽으로 기울어진 가르마를 타고 있었다. 이 정도만으로도 놈을 찾을 단서는 충분했지만 서두를 필요가 없었다. 지금쯤 놈은 쾌락 끝에 찾아온 피로감으로 깊이 잠들어 있을 시간이었다.

"다른 건 없냐? 운이 좋아 목숨 붙었으니 돈 되는 것 좀 내놔 봐."

놈이 욕실을 열었다.

"혼자 사네."

세면대 옆에 놓인 칫솔 하나를 발견하곤 놈이 나를 추리했다.

"면도기는 없으니 기지배 아니면 레이저제모를 했단 건데, 어째 캐릭터가 안 붙는다?"

놈은 욕실을 나와 붙박이 옷장을 열었다. S 사이즈의 원피스와 청바지들을 확인한 놈이 웃음을 터트렸다.

"기지배 맞네. 에라이, 칼 때문에 쫄았는데 진검도 아니구만. 야, 숨었으면 좋은 말할 때 기어 나와."

놈은 암막 커튼까지 열어젖히고는, 겁먹고 숨었을지 모를 작은 체구의 여자를 찾았다.

"내가 이렇게 찾으러 다니질 않으면 여자들은 나 안 만나주잖아."

얼굴에서 유일하게 드러낸 눈이 희번덕거렸다. 그는 망치를 쥔 채 바닥에 납작 엎드려 침대 밑을 들여다봤다. 거기에 손바닥으로 입을 감싸고 눈알이 튀어나오게 놀란 여자가 얼어붙어 있을 줄 알았겠지만, 뜻밖의 것이 기다렸다. 나의 글록17과 정진만이 개조한 확장 탄창 열 개였다. 실수 없이 제대로 명중시킨다면 187명을 죽일 수 있는 총과 총알이었다.

"하, 너 뭔데?"

놈은 망치를 깊숙이 뻗어 글록17과 탄창을 끄집어냈다.

"너 뭐냐고! 어떤 기지배가 집에 총이랑 칼이 있어? 씨바, 이거 진짜는 맞아?"

놀란 나머지 놈은 마스크를 벗고 권총을 매만졌다. 낮은 콧대와 거칠게 난 콧수염, 너무 얇아 없는 것처럼 보이는 입술에 턱이 유난히 짧은 얼굴이었다.

"나 이거 어디서 봤어. 존 윅이었나, 이퀄라이저였나?"

레플리카가 아니라는 건 한번 손에 쥐어보기만 해도 알 수 있었다. 살기를 띤 차갑고 묵직한 야수는 서툰 사람의 손아귀 안에서조차 소리 없이 포효했다. 놈은 진짜 권총이라는 걸 알아차리고 고개를 들어 다시 주위를 살폈다. 보는 눈이라곤 나를 기다리다 침입자를 만나 한껏 예민해진 하와이뿐이었다. 놈은 하와이를 향해 총구를 겨누었다.

"와, 존나 무거워. 탄창 개조한 건가? 여자가 이걸 든다고? 존나 미스터리네."

놈은 다시 방 안을 뒤지기 시작했다. 꼼꼼하게 벽까지 두들겨보고 베개도 들췄다. 무기는 그게 전부였다. 목이 탔는지 놈이 싱크대 수전을 열어 한참이나 물을 마셨다. 놈은 슬링백을 열어 글록17과 탄창을 챙겼다. 그리고 서랍장에서 군용 나이프를 꺼내 바지 뒤춤에 찔러 넣었다.

그때 현관문 도어록 열리는 소리가 났다. 피를 흠뻑 뒤집어쓴 나였다. 정진만을 배신한 대가로 처형당해야 하지만 동료들은 모질지 못했다. 레드코드 한 명이 나를 승합차에 실어 위독한 하룻밤을 버티게 도운 뒤 집 앞에 내려주었다. 그의 마지막 선물은 고용량 항생제와 진통제가 든 주사기였다. 나는 현관문을 열자마자 주사기를 허벅지에 찌르고 의식을 잃었다.

놈이 망치를 내게 겨누고 슬금슬금 다가왔다. 수없이 많은 칼과 총알을 받아낸 몸뚱이는 숨을 쉴 때마다 피를 뿜어냈다. 그러나 표정만은 평온해 보였다. 저 당시 내 생존확률은 50퍼센트를 밑돌았을 터였다. 늘 삶과 죽음의 경계를 넘나들었으니 내 집 현관문 앞에서 죽는 것이 그나마 다행이었을지도.

"야!"

놈이 운동화 앞코로 내 어깨를 툭 건드렸다.

"야, 야!"

그가 왜 나를 깨우려 했는지는 알 수 없었다. 늘 겁에 질린 채 목숨을 애원하는 사람들만 보다 반쯤 죽은 여자가 입가에 엷은 미소까지 띠고 누워 있으니 신기했을지도 몰랐다.

"너 뭐 하는 년이냐? 진짜 궁금해서 그래."

놈은 여전히 망치를 곤두세운 채 내게 물었다.

"살인자."

CCTV 영상을 보다, 내 눈과 귀를 의심했다. 영상 속 나는 제법 또렷한 목소리로 놈에게 대꾸했다. 놈도 히뜩 놀라 한 걸음 뒤로 물러섰다.

"씨발, 무섭게 왜 대답을 하고 그래."

놈이 잠시 뜸을 들이다 나를 향해 발길질했다. 골반을 걷어차인 나는 인상을 찌푸렸다.

"물어본 말에 대답한 게 잘못이야?"

다시 평온한 얼굴로 돌아간 나는 정확하고도 빠른 목소리로 되물었다. 그러고는 손을 뻗어 놈의 발목을 잡아당기고 뒤로 자빠진 틈을 타, 엉덩이를 중심추로 하체를 돌린 뒤 가랑이 사이를 걷어찼다. 살기 위해 배운 살인 기술은 만취 상태에서도 잊지 않는 양치질이나 휴대폰 노크온 기능처럼 무의식중에도 발현되었다.

"너 오늘 내 손에 뒤진다."

내게 급소를 걷어차인 놈은 몸을 웅크리고 한참 동안 끙끙대다 망치에 의지해 일어섰다. 나는 퉁퉁 부어 제대로 떠지지 않는 눈으로 벽에 기대 놈을 바라봤다.

"나는 너 안 죽이고 싶어. 이제 시체 처리해줄 사람이 없거든."

의식이 없는 와중에도 나는 솔직했다. 머더헬프에서 밀려났으니 시체 처리나 현장 뒷정리를 도맡던 옐로코드와도 의절이었다. 자동차가 있는 것도 아니고, 길을 나서면 곳곳이 CCTV인 주택가에서 안전하게 시신을 처리할 방법을 알지 못했다.

"그러니까 너나 뒤지라고!"

놈이 나를 향해 망치를 휘둘렀다. 그러나 나는 베테랑 살인자였다. 순간 무릎을 굽혀 망치를 피한 뒤 놈의 허리를 손으로 잡고 기둥 삼아 몸을 돌렸다. 그의 등 뒤에서 세 개의 군용 나이프 중 하나를 뽑아 칼집을 벗겨냈다. 이 모든 동작이 마치 현대무용처럼 자연스럽고 역동적이어서 CCTV를 보는 나도 감탄스러웠다. 이렇게 몸을 잘 다루니 킬러가 아니었으면 무용수가 되어도 좋을 뻔했다고 생각했다.

"씨발년아, 나 총 있어!"

내게 칼을 빼앗긴 그는 슬링백을 열고 글록17을 꺼냈다. 나는 놈이 방아쇠를 당기기 전에 펜싱선수처럼 손을 뻗어 나이프로 그의 바깥 손목을 그었다. 잘 벼린 칼날에 근육과 인대가 잘려나갔다. 놈의 손에서 글록17이 떨어지길 기다렸다 낚아챘다.

"그래서…… 지금도 갖고 있니?"

나는 칼과 총을 모두 가졌다. 그제야 놈은 자신이 반쯤 죽은 여자 한 명조차 이길 재간이 없다는 것을 깨달은 모양이었다.

"살려만 줘. 우리 둘 다 없던 일로 하자. 너도 깨끗한 인간은 아니잖아."

놈은 2층 주인집 할머니를 살해한 범행 도구인 망치를 성한 손으로 집어 들고는 애절한 눈빛으로 나를 바라봤다. 그간 놈이 살해한 사람들도 저런 표정을 지었을 터였다. 곧 자신의 두개골을 부숴놓을 망치를 바라보며, 아직 더 살아야 할 이유를 늘어놓았겠지.

"안 돼. 정진만은 그렇게 가르치지 않았어. 한 번 문 개는 계속 물지. 피의 맛을 깨달은 동물은 인간 세상에 살 수 없어. 간단한 논리지?"

놈이 내 앞에 무릎을 꿇었다. 그는 모자와 장갑을 벗고 어깨를 들썩거리며 울었다.

"내 말 좀 들어봐. 난, 난 처음부터 약하게 태어났어. 낳고 보니 간신히 2킬로였다는데 돈이 없어 인큐베이터에 못 넣었대. 죽어도 하는 수 없다 생각하고 집에 데려왔는데 죽지를 않더래. 암만 생각해도 난 그때 죽었어야 했어. 밖에서 나는 너무 하찮은 인간이야. 무슨 일 하면서 돈 버는지 알아? 중고딩들 술, 담배 셔틀 하면서 연명해. 담배 한 보루 사다

주면 만 원인데, 누가 봐도 좆밥같이 생겨서 떼어먹히기 일쑤야. 나보다 센 놈들한텐 찍소리 못 하니까 약한 놈들한테 화풀이해왔어. 이제 안 그럴게. 원한다면 내 혀를 잘라도 돼."

놈이 백태 낀 긴 혀를 내밀었다.

"이 바닥에서 너 정도 사연이 통할 거 같니? 부모 잘못 만나 장기 한두 개쯤 팔아먹은 애들이 쌔고 쌨어. 그나마도 돈 떼어먹히고 복수한다고 칼질, 총질 배우다 결국 칼질 아니면 총질로 죽고 말지. 아, 소음기가 없네."

나는 놈의 미간에 겨눴던 총을 거둬들였다. 궁지에 몰린 악당에게서 한눈을 팔다니. 평소라면 하지 않았을 행동이었다. 더구나 놈의 바지 뒤춤엔 두 자루의 군용 나이프가 꽂혀 있었다. 하지만 판단력을 잃은 나는 현관 옆에 붙은 신발장으로 가 워커를 꺼냈다. 워커에 총구를 넣고 놈의 머리를 향해 방아쇠를 당길 계획이었다. 만약 내가 놈이라면 이 순간을 놓치지 않을 터였다. 베테랑 살인자라 해도 상대는 온몸에 부상을 입고 피를 쏟아내는 심신미약자였다. 내가 워커를 꺼내는 사이 놈은 부엌 한편에 앉아 말끄러미 자신을 바라보고 있는 하와이의 목덜미를 잡았다.

"나 죽이지 마. 그럼 얘 안 죽일게. 너한텐 얘가 아기지? 그렇잖아. 보통의 여자들처럼 너도 모성애 있을 거 아냐."

놈은 워커를 들고 돌아온 나를 협박했다. 좀처럼 웃을 줄 모르는 내가 키득거렸다. 하와이는 나의 아기가 아니었다. 그저 창문을 열어놓은 어느 이른 아침, 내 집에 들어와 줄곧 함께 살고 있을 뿐이었다. 물론 소중한 존재였다. 정진만과 나의 관계처럼, 서로를 위기에서 구원하고 아픈 곳을 핥아주었다. 하지만 우리의 관계는 모성애 같은 본능에서 발아하지 않았다. 혐오, 연민, 동경, 분노, 경계심, 설렘, 경외감, 실망, 그리움이 수많은 에피소드로 차곡차곡 쌓여 이젠 본질조차 잊은 지 오래였다. 하와이는 내가 아니어도 독립할 수 있는 유능한 고양이였다.

"웃네? 내 제안 받아들인다는 의미야?"

놈의 표정에 여유가 감돌았다. 그는 하와이를 방패 삼아 슬금슬금 뒷걸음질을 쳤다. 나라면 나이프를 꺼내 공격했을 텐데, 겨우 생각해낸 게 인질극이라니. CCTV 속 나는 재밌다는 표정으로 놈의 느린 도주를 지켜봤다.

"서로 비밀 잘 지키자고. 알았지?"

베란다에 다다른 놈이 하와이의 목덜미를 놓아주었다.

"너 좀 모자라지?"

내가 작게 뇌까렸다. 반지하에서 밖으로 나가려면 두 손으로 창문틀을 지지하고 몸을 튕겨내야 했다. 그런데 놈의 왼쪽 손목은 반쯤 잘려 있었다. 슬링백엔 10킬로가 넘는 탄창이 가득 들었고, 피의 맛을 아는 내 고양이는 잔뜩 성이 났다.

우오오오, 하와이가 호령하듯 뱃속 깊숙이에서 분노를 끄집어냈다. 노란 털이 한 올 한 올 곤두서는 게 보였다. 놈은 성한 손으로 창문틀을 잡고 몸을 튕겼지만 번번이 실패했다. 하와이는 잰 동작으로 캣 타워에 올라 놈의 머리로 뛰어내렸다. 한동안 발톱을 깎아주지 않은 덕에 놈의 얼굴은 부드러워 긁는 맛이 별로 없는 스크래처가 되었다. 하와이의 바동거리는 뒷발에 놈의 목에 빨간 상처가 죽죽 그어졌다.

정진만이 한 말이 떠올랐다. 함께 사는 생물은 서로를 닮는다고 했다. 다정한 사람에겐 다정한 동물이 자라고, 사나운 사람에게선 사나운 동물이 자란다고 했다. 그래서 무자비한 자신 곁에 나를 묶어둘 수 없다고.

"도와줘."

하와이의 집요한 공격에 놈은 지쳐갔다. 손목의 상처에서 흐른 피가 샐러드 접시만큼 발밑에 고였다. CCTV 속 나는 그를 돕기로 결심한 모양이었다. 손에 든 나이프를 놈의 목덜미를 향해 던졌다. 가능하면 시체를 만들고 싶지 않았을 텐데, 하와이도 나도 그리고 놈도 지친 상태였다. 내 손을 벗어난 18센티 길이의 나이프가 3.5미터를 단숨에 날아갔다. 안타깝게도 나이프는 하와이의 옆구리를 스친 뒤에야 놈의 목덜미에 안착했다.

"아!"

나는 짧은 탄성을 지르고 CCTV 영상을 종료했다.

하와이를 죽일 뻔한 사람은 놈이 아니라 나였다. 그럼에도 하와이는 아침에 내 등허리에 몸을 비비고 말라붙은 피를 핥아주었다. 노트북을 덮고 거실로 나가 바닥에 뒤엉킨 발자국과 핏자국을 바라봤다. 하와이는 접시에 든 간식이 아닌 놈이 흘린 피를 핥느라 정신이 없었다.

"하와이, 우리가 피의 맛을 안다는 걸 들켜선 안 돼."

나는 하와이를 끌어안고 베란다로 나갔다. 무의식중에도 바닥에 고인 핏물을 닦았는지 말끔했다. 아직 청소하지 않은 화장실 안이 어둑했다. 나는 하와이를 내려놓았다. 허리를 말아 올려 시원하게 기지개를 켠 하와이는 부상에도 아랑곳없이 창문으로 점프했다. 상처 탓에 하와이는 몸에 균형을 잃고 떨어졌다.

"받아들여야 해. 누군가를 해치면 어떤 식으로든 흔적이 남는다는 걸. 그래도 다시 뛰어봐."

내 말을 알아들은 것처럼 하와이의 호박색 눈동자가 빛났다. 캣 타워를 타고 올라간 하와이는 뒷다리를 튕겨 창밖으로 뛰어내렸다. 2층 할머니가 아끼던 연분홍색 장미가 철이 지나 거무죽죽하게 시들어 있었다. 하와이는 장미 넝쿨을 기어올라 담장으로 성큼 뛰어올랐다. 옳지, 그래. 흔적을 안고 사는 거야, 그냥.

라면 상자 하나만 한 햇볕이 베란다를 밝혔다. 쪼그려 앉아 화장실 잠금장치를 열었다. 의식을 잃은 와중에도 나는 성실한 인간이었다. 놈이 무릎을 끌어안은 자세로 얌전히 수납되어 있었다. 그의 목에서 흐른 피가 벤토나이트 모래에 흡수되어 단단하게 굳어 있었다.

옐로코드의 도움 없이 나 혼자 시체를 처리해야 했다. 한동안은 평소보다 많은 양의 모래를 주문하고, 또 평소보다 무겁고 양이 많은 고양이 배설물을 배출해야 할 것이다. 하지만 아무도 의심하지 않으리란 걸 알고 있다. 나는 고양이를 키우며 혼자 사는 프리랜서 이수연이었다. 형사들의 눈에 비친 나는 전과도 없고 빚도 없으며 이웃과도 데면데면한 이십대 후반의 평범한 여자였다. 다시 평온한 얼굴로 돌아가 피의 맛을 모르는 사람처럼 살아가면 되었다. 흔적을 안은 채, 그냥.

원스 어폰 어 타임
인 울란바토르

연휴의 시작이었다. 마트에 가느라 막 현관문을 나서는데 휴대폰이 울렸다. 최상용, 아빠였다. 살갑게 이모티콘을 붙여 아빠라고 저장하지 않은 건, 우리 사이의 물리적 그리고 심리적 거리 탓이었다. 그러고 보니 고향을 떠난 지 4년째였다. 한 해에 한 번, 설날 당일 딱 반나절을 들렀다 도망치듯 집으로 돌아오기 시작한 기간이기도 했다.

"무슨 일 있어?"

거절할 명분이 없는 전화였다. 나는 엘리베이터에 올라 아빠의 전화를 받았다.

"아빠 교통사고 났어. 일심병원이야. 어떤 얼치기가 뒤에서 냅다 들이받았지 뭐야. 죽을 뻔했어."

아빠의 목소리는 침울했다. 많이 다쳤냐는 내 말에, 목에 깁스를 했고 자꾸 어지럼증이 나서 CT 촬영을 기다리고 있다고 대답했다. 그러고는 한참 동안 말이 없더니, 오늘부터 주말까지 연휴인데 한번 내려올 생각 없느냐고 물었다.

"간병 필요해? 엄마 있잖아."

"엄마는 추어탕 끓여야지. 그리고 당숙네 손주 업어주고 있어. 그 집 아들 며느리가 선생이잖냐. 한 달이나 미국으로 무슨 연수를 갔대. 아무래도 아빠는 얼마 못 살 거……."

엘리베이터 탓에 통화가 끊어졌다. 재발신을 눌렀지만 휴대폰의 전원이 꺼져 있다는 기계 합성음만이 공허하게 흘러나왔다. 엄마의 전화 역시 불통이긴 마찬가지였다. 그렇잖아도 여기저기 아픈 데가 많아 정형외과와 통증의학과 문지방이 닳게 드나드는 엄마가 친척 손주까지 업어준다는 말에 부아가 치밀었다. 무엇보다 아빠의 얼마 못 살 거라는 말이 자꾸 귓가를 맴돌았다.

눈앞이 아득해지고 걸음은 허방을 딛는 듯 허청거렸다. 심란한 마음으로 한가롭게 마트에 다녀올 순 없을 것 같았다. 고향인 용단까지는 시외버스로 두 시간 거리지만 차로 가면 고작 40분이었다. 나는 장바구니를 든 채 집 앞 택시 정류장으로 향했다.

"용단시 일심병원이요."

기사는 내비게이션에 병원 이름을 타이핑하고는 진부해서 들어주기 힘든 자식 자랑을 늘어놓았다. 나는 아주 가끔 네, 잘됐네요, 같은 대답을 하며 점점 뜸해지는 건물과 짙어지는 녹음을 바라봤다. 그사이 몇 차례나 더 부모님의 휴대폰에 전화를 걸었지만 통화는 이루어지지 않았다. 정말 아빠에게 무슨 일이라도 생긴 건 아닌지 조마조마했다. 당뇨, 고혈압, 고지혈증, 재작년엔 심근경색으로 스텐트 시술까지 받은 위태위태한 몸이었다. 최악의 경우 뇌출혈이나 뇌경색도 각오했다.

용단이 시로 승격되기 전까지 아빠는 농부였다. 명함도 있었다. 아끼바리의 명인 최상용. 아끼바리란 일본에서 교배된, 한국명 추청이라는 벼종자였다. 윤기가 흐르고 차져 밥맛이 좋다는 그것을, 할아버지가 용단에서 처음으로 심기 시작했다. 그리고 벌어들인 재산으로 일대의 전답을 사들였다. 그 많던 재산은 오래가지 못했다. 시내에 생긴 '섰다하우스'라는 도박장에서 내기 화투를 치다 가산을 탕진하고 빚까지 졌다. 처음엔 이백만 원에 불과하던 노름빚은 이자에 이자가 붙어, 수십 년 전 돈으로 삼천만 원이라고 했다.

빚에 쪼들려 온 가족이 집에 불이라도 질러 죽어버릴까 했을 때, 아빠의 친구 정 아무개라는 사람이 도박장을 뒤집어얹었다고 들었다. 정 아무개의 이름은 기억나지 않지만 어린 시절, 우리 추어탕집에 나보다 두세 살 많아 보이는 조카를 데려와 몇 시간이고 놀다가곤 했다. 아빠는 또래보다 일찍 결혼해 나를 낳았다. 할머니가 추어탕집을 엄마에게 물려준 다음에야 살림이 조금 폈다고 들었다. 거기서 나온 돈으로 아빠는 할아버지가 팔아넘긴 땅을 조금씩 사들였다. 하지만 농사엔 그다지 재주가 없었다. 사람 좋고 허허실실로 술이나 마시니 가뭄에 벼가 말라죽고 장마엔 벼가 썩어 들어갔다. 결국 농사를 집어치운 아빠는 서울 동대문에서 용단시장으로 부엌칼이며 스테인리스 냄비를 떼어다 파는 일을 한 2~3년, 농약 가게 운영을 2~3년, 월급 사범을 두고 무아이타이 도장을 2~3년, 복매운탕 식당도 2~3년 만에 헐값에 팔아치웠다. 아빠가 갈대처럼 이리저리 휘둘리는 동안 엄마는 묵묵히 미꾸라지를 씻고 삶아 추어탕을 끓였다. 말 많고 명랑했던 한 시절의 소녀는 이제 간판에 자신의 얼굴을 프린트해 붙이고 억세게 부추를 씻는 여장부가 되었다.

그나마 아빠가 가장 오래 한 일은 택시 운전이었다. 그는 콜택시 호출 명함에 이름과 전화번호 그리고 '천국의 세단으로 당신을 편안하게'라는 문구를 넣어 인쇄했다. 천국의 세단이란 용단시 최초 최고급 세단인 개인택시를 의미한다고 했다. 엄마는 리무진 장의차 같다며 툴툴거렸지만 영업은 꽤 잘됐다. 시골 촌부에 불과했던 노인들이 근처에 생긴 유통단지와 미니 신도시 여파로 막대한 토지보상금을 받으며 주머니가 두둑해지자 택시를 타기 시작한 게 이유였다.

아빠는 만족했다. 빚에 빚을 보태 1억 가까운 택시 넘버 비용을 마련해야 했지만 지금껏 살아온 중 가장 안정적이고 쏠쏠한 수입이 보장되었다. 또 몇 다리만 건너면 구촌 형수, 십이촌 조카사위 등 먼 친척이 그득한 용단에서 아빠 명함 없는 사람이 드문 터라 굳이 콜을 잡느라 신경을 곤두세울 필요가 없었다. 한창 임영웅 노래를 틀어놓고 싱글벙글 운전해야 할 아빠가 사고가 난 것이었다. 어디에서 누구의 과실로 사고가 났는지 정확히 알 수 없었지만 오늘 아침 아빠의 침울한 음성과 곧 이은 침묵은 가슴을 철렁 내려앉게 하기 충분했다.

용단에 도착한 시간은 오전 10시 15분이었다. 기사는 내비게이션을 업데이트하지 않았더니 영 길을 못 찾겠다며 무작정 터미널 근처에 나를 내려주고 오만육천 원의 택시비를 받았다. 용단에서 초중고를 나왔지만 일심병원은 처음 듣는 이름이었다. 나는 잠시 머뭇거리다 터미널 맞은편에 줄 선 택시 중 맨 앞의 것에 올라탔다.

"일심병원이요."

기사가 룸미러로 나를 흘끔 바라보더니 환하게 웃으며 고개를 돌렸다.

"너 윤미 아니냐? 나야, 민제 삼촌."

고모의 이혼한 시누이 남편의 동생이라는, 따지고 보면 촌수를 헤아릴 수 없는 사이인 데다, 이제는 아는 체하기 민망한 처지의 사람이었다. 민제는 군대에 가 있는 고모의 아들인데 그와 이 사람은 결코 조카 삼촌 지간이 아니었다. 하지만 아빠는 그를 민제 삼촌이라 부르며 선웃음을 짓곤 했다.

"건강 좋으세요?"

그가 정면을 바라보지 않고 자꾸 나를 향해 눈길을 주는 탓에 차는 좌우로 심하게 흔들렸다.

"응, 좋아. 아빠 문병 왔구나? 그래, 살아 계실 적에 효도해야지. 다 왔다."

출발한 지 채 1분이 지나지 않았다. 차가 선 곳은 역 근처 부모님이 사는 아파트 앞이었다. 게다가 살아 계실 적에 효도를 해야 한다니. 정말 아빠의 뇌에 촘촘히 웅크린 핏줄 중 하나가 충격을 견디지 못하고 터지기라도 한 걸까. 목을 통과하는 신경 가닥이 소리 없이 끊어지기라도 한 걸까.

"삼촌, 집 말고 일심병원으로 가주세요. 빨리요!"

"다 왔다니까, 일심병원. 이따 영업 끝나고 나도 들르마."

창문을 내다보니 부모님이 사는 아파트에서 열 걸음도 채 안 되는 거리에 일심병원이 있었다. 나는 지갑에서 카드를 꺼내 내밀었지만, 그는 비닐에 감싼 박하사탕 두 알과 함께 카드를 돌려주었다.

"가족끼리 돈은 무슨."

나를 내려준 민제 삼촌은 쿵짝거리는 음악을 틀며 사라져버렸다. 병원은 예전 원앙예식장이 있던 자리였다. 1층에는 피로연실이, 2층에는 예식실이, 3층에는 미용실이 있던 그 건물이 내가 용단을 빠져나간 사이 스리슬쩍 일심병원으로 바뀌어 있었다. 나는 근처 슈퍼에서 통조림이라도 사갈까 하다가 아빠가 지금 그걸 씹어 삼킬 수 있는 상황인지 알 수 없어 바로 병원 문을 밀고 들어섰다. 원무과와 진료실이 있는 1층은 한산했다. 나이 든 여자 둘이 대형 텔레비전 앞에서 졸고 있었고, 어린아이를 둘러업은 중년 여자는 원무과 직원과 수다를 떨고 있었다. 아빠의 병실 호수를 확인하기 위해 다가서 보니 엄마였다. 눈가가 바셀린을 잔뜩 바른 것처럼 번들거리는 데다 아이를 업고 있어 엄마라는 걸 눈치채지 못한 거였다.

"안면거상 계 하나 들라니까. 계주가 모야성형외과 싸모님이라 믿을 만해. 우리 계는 특별히 20프로 할인까지 받아서 더 싸. 1년에 두 번 보톡스까지 무료 서비스하고. 나도 좀 전에 맞고 나오는 길이야."

인기척에도 엄마의 수다는 끊이지 않았다.

"엄마, 엄마!"

내가 점차 음성을 높이자 엄마가 고개를 돌렸다.

"야, 너 회사 있을 시간 아니야? 장바구니는 뭐야? 아니다, 잘 갖고 왔네. 겉절이랑 추어탕도 싸갈 수 있고."

아빠가 교통사고를 당했는데 엄마의 표정에는 그늘이 없었다.

"광복절 낀 연휴야. 아빠는 괜찮은 거야?"

내 물음에 일순 엄마의 표정이 어두워졌다. 보톡스로 표정이 잘 지어지지 않는 팽팽한 눈가를 부자연스럽게 찌푸리며 인상을 구겼다. 엄마의 등에 업힌 아기의 코에서 맑은 콧물이 흐르고 있었다.

"왜 그래? 많이 다친 거야? 나랑 통화할 때까지만 해도 의식은 있었는데, 뭐야? 말 좀 해봐!"

내가 특별히 부모에 대한 애정이 깊다거나 효녀라고 생각한 적은 없었다. 아빠가 수없이 여러 가지 일을 접었다 펴는 사이에도 그리 살림살이가 어렵지 않았던 건, 억척스러운 엄마와 시내에 슈퍼마켓을 운영하며 그럭저럭 먹고살 만한 외가 덕분이었다. 그 탓에 나는 친가보다는 외가가 더 편했고, 내심 부채 의식도 갖고 있었다. 그래도 아빠가 다쳤다는 말에 마음보다 몸이 먼저 움직인 건, 부모님의 금실이 좋은 덕이었다.

"뭔데? 왜 대답을 안 해?"

늘 담대하던 엄마가 안절부절못했다. 태도는 분명 아빠가 안녕치 못하다는 걸 의미했다. 조바심이 아랫배를 꽉 움켜쥐고 놓지 않았다.

"너 냄새 안 나? 애가 똥을 쌌어. 아이고, 소젖을 먹어 그런가, 냄새 한번……. 엄마는 얘 기저귀 갈고 올라갈테니 너 먼저 가. 303호."

비로소 긴장이 풀어졌다. 엄마는 손짓으로 나를 밀어내고 로비 소파 위에 굼뜨게 아기를 풀어 눕혔다. 나는 아빠의 상태를 더 묻고 싶었지만 직접 확인하는 편이 더 빠를 거란 생각에 엘리베이터를 탔다. 3층에는 세 개의 병실이 있었고, 복도 끝에 아빠가 누워 있을 303호가 눈에 띄었다. 문이 예각으로 열려 있었다. 그 틈새로 철제 침상 끝이 보이고 텔레비전 소음과 낄낄대는 웃음소리가 새어나왔다. 아빠 특유의 숨넘어가는 듯한 웃음이었다. 병실로 들어가 보니 여섯 개의 침상 중 다섯 개가 비어 있었고, 창가 자리에 아빠 홀로 앉아 있었다. 윗도리는 환자복이었지만 바지는 집에서 입던 고무줄 반바지였다. 겨드랑이 사이에 베개를 받치고 반쯤 누운 자세로 케이블방송의 오락프로그램 재방송을 보던 아빠가 나를 발견하곤 발을 내려 슬리퍼를 신고 일어섰다.

"야, 번개 같구나. 아빤 너 내일이나 올 줄 알았는데. 그럴

줄 알았으면 아까 치킨 남은 거 간호사 주지 말걸."

가뿐한 걸음으로 내게 다가온 아빠가 슬그머니 어깨에 팔을 걸었다. 아빠의 입술이 아직 닦지 않은 닭튀김 기름으로 번쩍거렸다.

"전화는 왜 꺼놨어? 일부러 그런 거지? 내가 어떡하나 시험하고 싶었던 거지?"

아빠의 목에는 깁스 대신 자주색 부항 자국이 나 있었다.

"엄마가 충전기를 안 갖고 왔어. 베터리가 다 됐길래 간호실에 충전 맡겨놨지. 그리고 아까는 깁스 푸느라 못 받았고. CT 찍어보니까 말짱하대. 뼈가 부러진 줄 알았더니 근육이 놀랐다 그러네. 와서 아빠랑 텔레비전이나 보자. 아니면 다 외출 나갔으니까 아무 데나 드러누워 한숨 자든가."

텔레비전 소음이 듣그러웠다. 아빠의 능청스러운 표정이 얄미웠다. 아랫배를 꽉 움켜쥐었던 조바심이 헐거워지자 척추와 혈관을 타고 뜨거운 뭔가가 치솟았다.

"그걸 말이라고 해? 내가 여기 놀자고 왔어? 이렇게 아무렇지 않으면서 왜 입원을 한 거야? 보험금 타내자고 생쇼 하는 거잖아!"

병실 안에 다른 환자가 있었더라면 나는 그렇게 화를 내지 못했을 거였다. 나는 아빠를 닮지 않았다. 아무하고나 형님 아우가 될 수 없고, 부끄럼 없이 가짜 환자 행세를 하며 그 모습을 자식에게 보일 용기 또한 없는 사람이었다.

여보세요. 응, 우리 딸 와서 반찬 좀 해줘야 하거든. 빨리 손주 좀 찾아가시라고. 며느리 무서운 줄 아는 양반이 어쩌자고 약장수 구경을 또 가. 쯧쯧. 30분 내로 오셔요."

엄마가 숙모와 통화를 하며 병실로 들어섰다. 텔레비전에서 개그맨 한 사람이 각설이 분장을 하고 막춤을 추며 박수를 받고 있었다. 아빠의 시선이 그의 따로 노는 팔다리에 고정되어 있었다.

"윤미 엄마, 얘 점심 사 멕여 보내."

척추와 혈관을 타고 오른 알 수 없는 뜨거운 것이 얼굴로 몰려들었는지 유리창에 비친 내 얼굴이 완숙 토마토처럼 새빨갰다. 아빠는 환자복 주머니를 뒤져 담배와 라이터를 꺼내더니 창문을 열고 불을 댕겼다. 영문을 모르는 엄마가 심드렁하게 대꾸했다.

"오랜만에 왔는데 왜 사 멕이래?"

나는 돌아섰다. 고개를 조금 숙여 아빠에게 인사를 했지만 아빠는 여전히 텔레비전을 보며 담배를 피웠다. 엄마가 종종걸음으로 따라 나왔지만 1층 현관 앞에서 아이 할머니에게 붙잡혀 나를 놓치고 말았다. 엄마가 내 이름을 불렀지만 나는 고개를 돌리지 않고 지하철역을 향해 걸어갔다.

잠시 후 나는 서울행 버스 맨 뒷좌석에 앉아 눈을 감았다.

애당초 근처 마트나 들를 생각으로 나왔으니 소매가 없고 바지는 짧았다. 에어컨 바람에 소름이 돋았다.

“기사님, 에어컨 좀 꺼주시겠어요?”

버스 기사가 엄지와 검지를 동그랗게 맞붙여 오케이 표시를 했고, 곧 찬바람이 멎었다.

“윤미야, 아빠한테 내가 이따 병원 앞으로 소주 한잔하러 간다고 전해라. 아저씨 핸즈프리 놓고 왔어.”

승객이 꽤 많은데도 버스 기사는 목청을 높여 내게 말을 걸었다. 용단에서 아빠를 모르는 사람은 아무도 없는 것 같았다. 어디서 무얼 해도 알아보는 이 없는 서울로 도망치고 싶었다. 국도를 달리고 달려와 그 끝의 검문소를 지나 매연과 매연색의 건물 그리고 그 건물 안에서 개미처럼 꼼틀대는 구두를 신은 사람들이 그리웠다. 버스 기사의 요청에도 나는 휴대폰을 꺼버렸다. 그사이 엄마에게서 세 통의 전화가 걸려왔지만 되걸어보지 않았다. 가짜 환자 행세를 하며 한통속일게 분명한 병원, 직원들과 어우렁더우렁 치킨 따위나 나눠 먹는 아빠가 오락프로그램 속 유치한 개그의 한 코너처럼 여겨졌다. 버스는 용단을 서서히 빠져나가고 있었다. 가로수가 휘고 논과 밭이 멀어지더니 이내 시 경계선을 넘어섰다. 설핏 들었던 잠에서 깨어나자 낯익은 도심이었다. 버스에서 내렸을 때, 차 안에서 함부로 흔들렸을 머리 때문에 목이 뻐근했다. 무심코 손을 넣은 주머니에 바스락대는 무언가가 잡혔다. 박하사탕 두 알이었다.

아빠는 일주일 만에 보험사와 합의에 성공해 백오십만 원을 받아냈다고 했다. 그걸 전한 건 엄마였다.

"얘, 이번엔 내가 병원 신세야. 네 아빠가 명일에 터트리려던 폭죽을 베란다에서 혼자 댕기다 그거 말리려고 간 내 눈에 불티가 들어갔어. 지금 그거 치료받는 중이야. 네 아빠는 늙어서도 말썽이다. 그나저나 아빠한테 좀 사분사분하게 굴면 안 돼? 아빠가 너 그러고 간 뒤로 되게 침울해해. 며칠 끙끙대더니 어제 택시 처분했어. 막무가내라 말릴 수가 없더라. 그 돈을 몽땅 털어 몽골의 울란바토르라는 데 땅을 사겠다지 뭐니. 아침 잡숫고 서울 갔어. 큰돈 잃어버릴까 봐 걱정이다, 얘."

바쁘다는 핑계로 나는 전화를 다급히 끊었다. 폭죽놀이라니. 곧 오십 줄인 아빠가 베란다 난간에 배를 걸치고 피웅 피웅 불꽃 날리는 상상을 했다. 아빠의 손에는 무언가 오래 쥐어진 적이 없었다. 곧 사그라지고 마는 불꽃처럼 천국의 세단인 택시 또한 아빠의 손을 떠나고 말았다. 그나마 택시 기사인 아빠가 가장 좋았는데도.

점심시간이 끝나갈 무렵 나는 인터넷 포털사이트 검색창에 몽골이라는 단어를 입력했다. 화면에는 곧장 수십 장의 사진이 액자처럼 걸렸다. 구름 없이 파란 하늘과 거뭇거뭇 드물게 자란 풀, 어딜 봐도 높은 언덕이나 산은 찾아볼 수 없는 지루한 평야를 담은 사진뿐이었다. 우리와 닮은 유랑민들이 저 평야 어느 한편에서는 수태차를 마시고 코담배를 피우며 자신들을 닮은 아기를 해마다 낳으리라. 나는 사진을 닫았다. 아무리 생각해도 아빠와 어울리는 배경이 아니었다. 아빠처럼 권태를 이기지 못하는 사람에게 몽골 평야는 그들이 산다는 게르를 닮은, 출구 없는 거대한 집일 터였다.

검색창이 남아 있는 익스플로러를 끄려다 문득 '사기'라는 내용이 담긴 글에 눈길이 닿았다. 내용을 읽어보니 몽골은 외국 국적의 사람에게는 땅을 팔지 않는다고 했다. 천혜의 자연환경과 대규모 개발을 코앞에 두고 있다는 사탕발림에 속아 거액을 투자한 사람도 여럿 있었다. 누구 하나 몽골에 있다는 자신의 땅을 밟은 자가 없었고, 투자금을 돌려받았다는 글도 없었다. 그야말로 사기였다. 봉이 김선달처럼 지도 한 장과 그래프 몇 장이 전부인 프레젠테이션에 속아 넘어간 거였다. 아빠와 닮은, 전답을 팔아 다시 전답을 사들이는 사람들로 북적일 투자설명회가 눈앞에 선명히 그려졌다. 휴대폰을 들어 아빠에게 전화를 걸었지만 받지 않았다. 이번엔 엄마에게 전화를 걸었다.

"아빠가 갔다는 사무실이 어디야? 이름은 뭐고?"

엄마가 한참을 머뭇거렸다.

"너한테 얘기하지 말랬어. 말한 거 알면 아빠 화낼 텐데."

말끝을 흐리던 엄마는 결국 내 닦달을 이기지 못하고 선릉동의 어느 빌딩 이름을 말해주었다. 선릉동이라면 사무실에서 10분 내외의 거리였다. 나는 반차를 쓰고 사무실을 나와 엄마가 일러준 빌딩을 찾아 헤맸다. 건물은 그 안에 세든 자들의 음흉한 속셈을 닮지 않고 번듯했다. 사기꾼이 고급 양복을 빼입듯, 무수한 투자자의 눈속임을 위한 것임이 틀림없었다. 로비에서 각 층의 상호를 확인했지만 딱히 몽골과 연관 지을 만한 곳은 없었다. 일단 엘리베이터를 타러 자리를 옮겼다. 여섯 개의 엘리베이터 중 유일하게 전 층을 오가는 것에 올라탔다. 마주 보이는 거울에 하얀색 안내문이 붙어 있었다. '기회의 땅 울란바토르에서 대박을 외치다! 투자자께서는 1001호 김 이사를 찾아주세요'. 함께 탄 내 또래 여자가 그걸 보고 동료를 향해 실소를 터트렸다.

"다른 엘리베이터에는 박 상무를 찾아달라고 써 있더라."

"영업 수당 때문에 그럴걸. 투자자 한 명당 얼마, 뭐 이런 식이겠지. 이런 걸 보고 찾아오는 사람이 있긴 한가 봐? 신고하면 포상금 안 주나?"

귀 끝에서 시작된 열기가 눈언저리와 볼을 화끈하게 덥혔다. 엘리베이터가 10층에 섰다. 나는 여자 둘의 눈길이 뒤통수에 꽂히는 걸 느끼며 황급히 엘리베이터에서 내렸다. 1001호를 애써 찾을 필요가 없었다. 엘리베이터 앞에 인포메이션이라는 팻말을 세운 책상이 놓여 있고 과장된 미소가 가면처럼 얼굴에 박힌 여자가 자리에서 일어섰다.

"기회의 땅 울란바토르로 가는 열차에 타신 것을 환영합니다."

여자는 앞서 걸으며 복도 끝 사무실로 나를 안내했다. 상호조차 없는 1001호였다. 불투명한 유리문을 여자가 밀어 열고 뒤를 따른 내 곁에 바짝 붙어 서 걸음을 맞췄다. 생각보다 사무실은 넓고 쾌적했으며 갖가지 서류와 사무 가구들로 가득했다.

"어느 분 찾아오셨습니까?"

파티션으로 부서가 나누어져 있는지, 여자는 그 앞에서 다시 가면처럼 틀에 박힌 미소를 지으며 물었다. 여자의 입술 물집이 눈에 거슬렸다.

"용단에서 오신 분 소개로 왔는데요."

여자가 파티션 너머로 누군가와 잠시 조용히 대화를 나누었다.

"용단 최 지주님 말씀이시군요? 그렇다면 박 상무님 쪽으로 가시죠."

최 지주라니. 가진 논조차 고작 1년 10가마니 쌀로 도지를 받고 맡긴 사람이 무슨 지주인가 싶었다. 순간, 지나치게 작위적인 미소를 짓던 여자의 입술 끝에 돋아난 물집이 터졌다. 그럼에도 여자는 웃었다. 퇴근할 때까지 벗지 못할 가면을 쓴 여자가 사무실 한쪽 방문을 열어 나를 안내했다.

열린 문 안은 어둑했다. 한쪽 벽을 가득 채운 프로젝션 앞에서 아빠가 종이컵에 든 음료를 홀짝이고 있었다. 탁자 위에 옷인지 서류인지 알 수 없는 뭉치가 검은 실루엣을 드러내고 있었다. 바닥도 집기와 서류 같은 잡동사니로 어지러웠다. 사기꾼 소굴치고는 정교하지 않았다. 프로젝션에는 몽골의 초원이나 게르가 나오는 것이 아니라 〈원스 어폰 어 타임 인 아메리카〉가 송출되고 있었다. 아빠가 뒤를 돌아보았다. 아빠의 얼굴을 가로지르며 번쩍이는 한 줄기. 그건 눈물이 훑고 지나간 자리 같았다.

영화는 주인공 누들스의 어린 시절을 보여주고 있었다. 그다지 슬플 것도 없는 장면에서 아빠는 울고 있었다. 내가 자신의 딸이라는 것도 미처 알지 못한 아빠가 엉거주춤한 자세로 일어나 조용히 목례를 했다.

"아빠, 가자. 일어나."

의자에 앉으려던 아빠가 나를 바라보곤 소매로 눈물을 훔쳤다.

"너 윤미니?"

"일어나라고, 빨리. 이거 다 사기야. 저 영화도 친구끼리 속고 속이는 얘기잖아. 그러니 남은 얼마나 속여먹기 쉽겠어? 아빠 같은 사람은 더 쉽지!"

아빠는 내 말에도 피식 웃으며 의자에 도로 앉았다.

"너 이 영화 기억하는구나? 너 여덟 살 땐가, 용단극장에도 이 영화 들어왔었어. 기억나지? 아빠랑 같이 봤던 거."

기억나지 않았다. 나는 아빠와 무얼 한 적이 없었다. 조증에 가까울 정도로 늘 들떠 살던 아빠는 사람들과 어울리며 새로운 일을 꾸미느라 집에 붙어 있던 기억이 없다. 그런데 함께 영화라니. 이 길고 긴 영화를 딸과 함께 다정히 볼 만큼 아빠는 다정한 적이 없었다.

"빨리 일어나지 않으면 주머니 속에 그 돈, 다 날리게 될 거야."

프로젝션 속에서 아름다운 데보라가 발레를 하고 소년은 그걸 훔쳐보고 있었다. 아빠가 다시 눈가를 닦아냈다.

"벌써 줘버렸는걸. 계약서도 썼고. 울란바토르 서쪽 끝에 오만 평의 평야를 샀어. 샘도 여섯 개나 있고, 그림 같은 게르도 세 개 있어. 아빤 농부니까 거기 가면 농사를 짓고 싶어. 진짜 유목민처럼 오만 평을 직접 걸어 다니며 소를 몰고 씨를 뿌릴 거야. 워낙 땅이 비옥해서 비료도 필요 없대."

박 상무라는 자가 아빠에게 보여준 사진이며 계약서는 모두 조작되었을 터였다. 공항에 내려 택시 기사에게 가짜 주소를 내밀 아빠를 생각하자 화가 치솟았다.

"꼭 이렇게 살아야 해? 지금껏 여기 기웃 저기 기웃거리며 살던 것도 모자라 진짜 유목민이 되겠다고? 박 상무라는 사람 지금 어디 있어?

화면이 밝아질 때마다 아빠의 얼굴이 환하게 비쳐지다 곧 어두워졌다.

"아빠는 곧 몽골로 갈 거야. 그림엽서 보낼게."

아빠는 그 어느 때보다 느긋했다. 조증이 사라지고 울증만 남은 사람처럼 자꾸만 얼굴의 물기를 닦아낼 뿐이었다.

"그런 거 보내지 마. 갔다 돌아올 집이라도 건지고 싶으면 박 상무를 찾아야 할 거야. 그 사람 어디 있어?"

무조건 아빠를 몰아세우는 것이 능사는 아니라는 생각이 들었다. 박 상무를 찾아 돈을 되찾기만 한다면 아빠가 여기서 무얼 하든 상관없었다.

"아빠 동창 중에 극장에서 표 팔던 은재 삼촌 기억나?"

아빠는 자신의 친구들을 모두 삼촌이라 부르게 했다. 그중 한 명이 박은재였다. 유난히 큰 눈에 눈자위가 푸르스름할 정도로 흰 사람이었다. 그는 내게 백 원짜리 쥐포를 쥐여주고는 억지로 볼에 뽀뽀를 시켰다. 당시 아빠는 극장 앞에서 음반 가게를 하고 있었다.

“은재가 어느 날 사라졌어. 사람들은 천성이 능글맞은 녀석이니 유부녀랑 눈이 맞아 도망을 했거나 그 유부녀의 남편에게 두들겨 맞아 둑방 어딘가에 처박혔을 거라고 했지만, 은재는 배를 탔어. 삼천 톤급 원양어선에 말이야. 한번 타면 평생을 바다 위에서 살아야 할지 모르는 감옥 같은 배였어. 내가 하루만 더 빨리 찾아냈어도 놈의 인생은 달라졌을 거야.”

내 기억 속의 은재 삼촌은 더 이상 남아 있지 않았다. 그의 번득이는 눈과 거친 수염 외엔 지운 것처럼 새하얀 백지였다. 아빠는 어째서 지금 이 순간 은재 삼촌의 이야기를 꺼내는 걸까.

“아빠가 못 하겠으면 내가 박 상무라는 작자 찾아내고 말거야. 영화를 보든 잠을 자든 마음대로 해.”

발끝이 저렸다. 아빠의 숱 없는 뒤통수를 바라보며 성을 내느라 기운이 발 끝에 몰려 있던 모양이었다. 나는 입술 물집을 가진 여자를 찾기 위해 문손잡이를 잡았다.

“생전 처음이자 마지막으로 너와 이 영화를 보던 날 말이야. 아빠가 담배를 사러 매점에 간 사이에 네가 사라졌어. 여자 화장실에도 넌 없었고, 계단참도 담배를 피우는 고삐리뿐이었어. 널 찾은 건 남자 화장실 마지막 칸이었지. 은재의 씨근대는 등짝을 걷어차고 널 안았는데 잠이 들었더구나. 넌 며칠이고 잠에서 깨어나지 않았어. 뭐든 알아야 경찰서를 찾아갈 텐데, 넌 며칠이고 계속 잠만 잤어. 그사이 은재 새끼는 도망을 쳤고."

기억나지 않는다. 난 아무것도 기억나지 않는다. 지린내 진동하던 화장실, 여자의 아랫도리가 적나라하게 드러난 음탕한 낙서도, 은재 삼촌의 수염보다 더 거친, 그늘져 어두운 욕망의 쉿덩어리도.

"넌 그 후로도 자주 긴 잠에 빠졌어. 밥도 먹지 않고 물도 마시지 않으며 며칠을 꼬박 자고 일어나 나를 원망스러운 눈으로 쳐다봤어. 난 너의 눈이 두려워 집에 붙어 있을 수 없었어. 뭔가 해야 했고, 그 뭔가가 늘 말썽이었지. 난 용단을 떠날 수 없었어. 언젠가 은재가 세상 끝에서 다시 튕겨져 돌아올지 모른다는 생각을 했거든. 그런데 정말 돌아왔어, 박은재가. 박 상무가 돼서 말이야. 오늘 날 보더니 그 능청스러운 얼굴을 들이대며 네 안부를 묻더라. 손주는 봤느냐고."

벽을 더듬어 스위치를 찾았다. 달칵, 소리와 함께 눈앞이 어질하게 밝아졌다. 아빠의 눈가에 흐르는 것은 눈물이 아니었다. 붉고 점성을 띤 또 다른 체액이었다. 탁자 위에 쌓여 있던 것 역시 서류 뭉치가 아니었다. 내 기억보다 퍽 늙은 박은재의 허여멀건 얼굴이었다. 바닥에 너저분한 물건들은 난자된 그 자의 몸통이었다. 나는 비명을 참으며 조명을 껐다.

"무슨 짓을 한 거야?"

"짓? 많은 짓을 했지. 처음엔 칼을 배워보고 싶어서 칼 장사를 했어. 잘 안 되더라. 가르쳐주는 사람이 없으니까. 농약 가게 할 때는 독하다고 소문난 그라목손을 제일 먼저 들여왔지. 무아이타이도 배워보고 복어 독 다루는 법도 어깨너머로 알아뒀지만 놈이 언제 돌아올지 알 수 없으니 다 무용한 일이었어. 너 정진만 삼촌 알지? 골짜기에서 잡화상 하던 녀석. 몇 년 전에 가스 폭발로 시체도 못 건졌지만, 걔라면 뭔가 뾰족한 수를 찾았을 거야. 난 그런 위인도 못 되고 어쩐지 내 일을 남한테 맡기기도 싫더라고. 그러다 생각한 게 택시 운전이야. 객지의 소식을 제일 먼저 들을 수 있는 일이니까. 은재를 신도시 근처에서 봤다는 사람을 태운 적이 있어. 그 소식을 듣다 사고가 난 거야. 정신이 아득해지더라고."

영화 속 아이들이 성인이 되었다. 멋진 슈트를 걸치고 중절모를 쓴 로버트 드니로가 파티장을 누볐다. 영화 속에서는 아이들이 성인이 되는 데 고작 몇십 분이면 족했다. 하지만 나는 아직 성인이 되지 못했다. 멋진 슈트를 걸치고 파티장을 누벼도, 나는 여덟 살에서 조금도 자라지 못했다. 잠결에 엄지손가락을 빠는 스물네 살의 아이일 뿐이었다.

아빠가 남은 음료를 모두 마셔버렸다. 그러고는 자리에서 일어나 내게로 다가왔다.

"이런 얘기 하지 않는 게 옳았을 거야. 네 엄마는 입이 가벼운 게 문제라니까. 하지만 아예 모르게 처리할 수도 없지. 이건 내 이야기이기 전에 네 얘기이기도 하니까. 너의 일부, 장롱 안에 고이 모셔놓은 네 탯줄 조각이나 배냇머리 같은 거. 그걸 갖든 버리든 간직하든 결정하는 건 네 몫이야."

아빠는 수다쟁이답지 않게 잠시 말을 끊었다. 그러고는 켁켁, 기침을 하고 의자에서 일어섰다. 내가 첫 월급을 받은 날 부모님에게 선물한 라코스테 티셔츠 앞자락이 피에 젖어 있었다.

"은재가 잘못했다더라. 거짓말일 거야. 정말 뉘우쳤다면 돌아오지 못했겠지. 별로 후회되지는 않아. 기다리는 곳이 있으니까. 울란바토르에서 서쪽으로 8천 킬로쯤 떨어진 평야 말이야. 배웅하지 마라."

아빠는 내 등을 떠밀어 내보냈다. 어떻게 해야 할지 몰라 몸을 떨었다. 아빠를 대신해 자수해야 하는 걸까, 아니면 정아무개라는 수완 좋은 사람을 불러 어떻게든 해결해달라고 졸라야 할까. 결국 나는 아무것도 하지 못한 채 건물 아래서 〈원스 어폰 어 타임 인 아메리카〉가 끝날 시간까지 기다렸다. 밤이 깊어지자 깨끗한 옷으로 갈아입은 아빠가 가죽 서류 가방을 어깨에 걸고 회전문으로 나왔다. 아마도 가장 잘 드는 칼 한 자루가 가방 안에 들어 있을 것 같았다.

"배웅하지 말라니까. 늦었어, 어서 집으로 가."

"시체는 어쨌어?"

내 물음에 아빠는 가볍게 휘파람을 불며 앞서 걸었다.

"사기꾼들은 각자도생이더라. 자기 호구 접대하면 각자 퇴근해. 아마 내일쯤에나 발견하겠지. 아빠 오늘은 피곤하다. 굳이 배웅할 거면 듣기 좋은 말이나 하며 헤어지자."

아빠는 울란바토르로 떠나지 못할 것이다. 내일 아침이면 아빠의 손목에 서슬 퍼런 수갑이 채워질 게 뻔했다. 하지만 우리는 서로를 위해 거짓말을 늘어놓았다. 울란바토르의 콘트라스트 짙은 하늘과 순박한 사람들에 대해 쉬지 않고 떠들었다. 술에 취한 남자 셋이 어깨동무를 하고 소리를 고래고래 지르며 걸어왔다. 아빠가 그들에게 자리를 비켜주며 웃었다.

"저것도 다 한때다. 윤미야, 너도 즐겨. 뭐든 내키는 대로 살아봐. 나쁘지 않더라."

아빠가 손에 든 가죽 가방을 기분 좋게 앞뒤로 흔들었다.

"아빠 꼭 퇴근하는 사람 같아."

"그래, 16년 만에 퇴근하는 길이지. 그래서 이렇게 피곤했구나. 어디 가서 소주나 한잔할까, 최 대리?"

머리 위로 오렌지색 가로등이 내리쬐었다. 아빠의 오른쪽 눈 밑에 덜 지워진 핏자국이 눈에 띄었다. 검지 끝에 침을 묻혀 닦아주었다. 낯선 주름 한 자락이 드러났다. 그게 그리울 날이 얼마 남지 않았다.

아빠, 울란바토르로 찾아갈게.

살인에 서툰 사람들을 위한 안내서

© 강지영, 2025

초판 1쇄 인쇄일 2025년 9월 9일
초판 1쇄 발행일 2025년 9월 20일

지은이 강지영
펴낸이 정은영
편집 박진혜
디자인 이선희

펴낸곳 (주)자음과모음
출판등록 2001년 11월 28일 제2001-000259호
주소 10881 경기도 파주시 회동길 325-20
전화 편집부 02) 324-2347, 경영지원부 02) 325-6047
팩스 편집부 02) 324-2348, 경영지원부 02) 2648-1311
이메일 munhak@jamobook.com